激情

わが朝鮮、わが韓国、わが日本

朴泰弘

はじめに

２０００年6月の史上初の南北首脳会談のことはよく憶えている。

電撃的に平壌を訪問した韓国大統領の金大中を朝鮮労働党総書記の金正日が空港で出迎え2人は抱き合った。その晩、テレビで流れるニュースを見ながら私も胸が熱くなるのを覚えていると、大阪の韓国総領事館の領事から電話がかかって来た。領事は情報機関である国家情報院からの出向者だ。私とはひょんなことから縁ができて深くつきあっていた。

「いまどこにいる?」

「家にいますよ」

「いますぐそちらに向かう」

領事は私の自宅から近い阪急宝塚線沿線の石橋まで出てきた。2人で韓国クラブに行くと、領事は日本酒をぐいぐい飲みだした。いくら杯を重ねただろうか。そのうちトイレに行ったきり戻ってこなくなった。

大丈夫なのかと様子を見に行くと、トイレで大の字になって寝ているではないか。タクシーになんとか押し込んで帰ってもらったが、やはり首脳会談の実現が嬉しかったのだろう。わが民族に共通の思いだ。

領事はこの南北首脳会談を前に大阪で朝鮮総連と民団の和解を熱心に進めていた。南北融和に向けたムードを日本においても醸成しようという工作活動の一環だった。その領事の意を汲んでそれを支えたのが私だった。はっきり言おう。私も工作活動を担っていたのだ。在日社会の分断を解消したい。その一念からであった。

それは本書で述べるとおり、成果を次々と挙げるようになった。だが、着実に進むかに見えた在日社会の雪解けは2年後に急速に冷え込むようになる。

02年9月の小泉訪朝で金正日が拉致を認めたことで、日本の世論が一挙に総連に対して批判的になったこと、さらには北朝鮮の相次ぐミサイル実験も大きかった。民団からすればとても交流を深める相手ではなくなったのである。

私はそれまで所属していた総連から脱退という選択を取った。なぜ私たちはこうも思うようにならないのだろうか。


1910年の韓国併合からすでに110年以上が経過した。朝鮮半島が植民地から解放されてから75年以上である。

冷戦下に過去の清算が棚上げされたまま日韓基本条約が締結された一方で、北朝鮮とは国交の正常化すらメドが見えない。これだけの歳月が重ねられてもなお、日本と朝鮮半島との間に横たわる問題は多い。在日コリアンの問題もその一つである。

問題を理解し、解決の方途を探るためには、なによりも在日朝鮮人の植民地時代からの歴史と現状についての理解が前提となるだろう。在日朝鮮人の歩みは、差別と偏見、さらには貧困から逃れようと必死に闘った歴史でもある。日本の植民地政策に由来する差別意識は根深く、私たちは明日のメシにすら不安を覚えながら懸命に生きてきたのである。それをもっと日本人に知ってもらいたいのだ。

そう考えて、私はペンを取ることにした。

かつては裕福な在日朝鮮人などいなかった。勉強をして大学を出ても働く場所がない。結局は家業のスクラップ業や養豚業に就かざるを得なかった。

なかには学校にすら行けなかった者もいる。そんな若者は力のかぎり生き抜くより他なくなる。暴力に走り、愚連隊となり、その先はヤクザか。そんな環境から出発せざるを得なかったのが現実だ。前科者になる者もいたが、日本社会でしっかりと名を残す者もいた。

私の歩んだ人生を通して在日朝鮮人の生きてきた道について少しでも理解が深まることを願ってやまない。

目次

第1章
絹延橋

呉で父を探し回った母と姉

朝鮮戦争が板門店での協定により休戦となってから4年後の1957年、私は生まれた。10人兄弟の末っ子である。日本が高度経済成長へと向かい、かたや在日朝鮮人の社会も大きな転換期を迎える時代のなか育った。

父・朴好龍は日本の植民地時代の1907年に慶尚北道配泉郡に生まれ、16歳で単身日本に渡った。アボジ（父）は下関や飯塚、田川などの炭鉱で働いたという。朝鮮人労働者がたくさんいて、病気やケガで死んでも放置されていたそうだ。のちに在日筑豊コリア強制連行犠牲者納骨式追悼碑建立実行委員会が発足して強制連行で犠牲者になった朝鮮人の納骨堂が建てられた。その名を無窮花堂という。無窮花は朝鮮で昔から愛されてきた花だ。異国の日本にいても忘れることのない民族の象徴でもある。

アボジは北海道の炭鉱にいたこともあるという。北海道といえば、浅野炭鉱や昭和炭鉱といった朝鮮人が強制連行で働かされた炭鉱がある。両炭鉱ともにすでに閉山して今は住む人もいない廃墟となっている。私のアボジがここにいたかは分からない。

強制連行はなかったという日本人がいる。そういう人には、歴史は人間の鏡であり、歴史の歪曲は決して許されないということだけは書き記しておきたい。

左から3番目の兄、父、私、母、2番目の兄

私の母・金点順も16歳で慶尚北道配泉郡開浦面牛甘里から日本に渡った。オモニ（母）は酒を飲みほろ酔いになると、必ず生き別れとなった弟4人のことを思い涙した。日本に渡るときすでに父親は亡くなっており、母親だけだった。

弟たちは「ヌナ　イルボネ　カジマラ」（姉さん、日本に行くな）と泣いていたそうだ。オモニはその時のことを思い出しては、アリランの歌を歌う。決して上手くはないが、本物のアリランの歌だ。

弟たち4人はのちに母親を残して満州へと渡った。その後、軍人となり、中国共産党の毛沢東の傘下となった。当時、日本の植民地であった満州で反日運動に参加するうちに、中国共産党の部隊に加わったのだ。4人のうち下の2人は朝鮮戦争の時に義勇軍として参戦し、北朝鮮の朝鮮人民軍とともに戦った。休戦後も北朝鮮にとどまり、金日成の部下となった。上の弟2人は中国の瀋陽で共産党の党員となって暮らした。さらに、オモニには姉がいた。この姉は韓国に残り、86歳まで生きたという。オモニの家族は4つの国に散り散りになり本当の意味で離散家族であった。

父と母は小さい頃からの許嫁であった。2人が大阪府の能勢町の山奥に居を構え暮らすうちに、長兄が生まれた。

長兄がまだ幼いときに高熱を出した。母は長兄を抱いて能勢から少し離れた医院に連れて行き、片言の日本語で医師になんとか診てくれるようお願いしたが、「朝鮮人を診ることはできない」と追い返されたという。寒い冬のことだ。どうにもできず家に連れて帰ると、長兄は間もなく息をしなくなり亡くなった。

その後、長姉と次姉が生まれた。父は池田市木部町に家を借りて能勢町から移ることにした。そこで生まれたのが次兄だ。生まれたばかりの次兄はあまり泣かず母は心配したという。

戦時中、父は徴用で呉の海軍工廠で働かされていたため不在だった。なお、この工廠は戦艦大和の建造でよく知られている。母はこのままでは食べて行くこともできないと近所に住んでいた沢田という憲兵の軍人に頼んで家族の内情を手紙にしてもらうと、幼い子供たちを連れて呉に向かい父を探して街中を歩きまわったそうだ。

6歳だった長姉はスリッパが破れて裸足で歩き、母の目はばい菌が入って腫れ上がっていた。そんな状態で家族を連れて歩き続けた末に父を見つけたのは、呉市内の病院だ。強制労働をさせられていた父は満足に食べ物も与えられず歩くのもやっとの状態だった。父だけではない。病院には朝鮮人がたくさんいた。不衛生で臭く、みな頭にはシラミがわいていた。父は病院のわずかな食事を長姉や次姉に食べろと勧めたが、2人は食べようともしなかったという。

母や姉たちは軍人に書いてもらった手紙を病院側に渡し、父を返してほしいと頼み込んだ。このお願いは幸いにも聞き届けられ、のちに父は大阪へと帰ることができた。

父のいる病院で寝泊まりすることが許されず、母や姉たちは泊まる場所にも困るありさまだった。長姉は思いつきで「おかあちゃん、朝鮮人を探そう」。そう大声で言いだしたそうだ。朝鮮人とおぼしき人には片っ端から声をかけるうちに、たまたま8人家族の同胞を見つけることができた。親切にも泊めてくれ、食事までくれたという。

「戦争が終われば朝鮮に帰る」

その家族の主人はそう語っていたそうだ。

やっとの思いで父や母、それに姉や兄が池田に帰り着きしばらくすると、広島に原爆が投下された。続いて日本の敗戦である。

45年8月15日、日本はポツダム宣言の受諾を表明した。それは朝鮮の解放でもあった。終戦の段階で日本国内に210万人いた朝鮮人は、終戦からまもなく大半が朝鮮半島に帰ったが、日本からの帰国の条件として、日本政府は日本円の持ち出しを1000円（当時のレートで米10kgに相当）までと制限し、荷物も250ポンド（約112kg）以上の持ち帰りを禁止した。

しかも、母国の社会は混乱の只中。多くが貧しい暮らしを余儀なくされていた。帰国せずに日本に留まるという判断をした者が多くいたのも当然だろう。

豚小屋

池田の猪名川にかかる絹延橋のたもとにあった家が私の生まれた場所だ。1957年11月11日のことだ。父は当時51歳。自宅の裏で小さな養豚場を営んでいた。夜中に豚が鳴く声でよく目が覚めたものだ。

雨が降ると雨漏りする場所にバケツやヤカンを置くのが私の仕事だった。台風で猪名川が増水し家が流されたこともあったという。9人の子供が成長して家が狭くなると、養豚場を池田市神田の河川地に移し、それまでの豚小屋を解体して家を増築して部屋を広げた。とは言え、子供たちに個室なんてなかった。

姉が6人と障害をもつ兄がいて、さらにその下に私より5歳年上の兄がいた。そして、私。

全部で9人だ。年上の姉たちが優先され、兄や私には部屋などなかった。

当時、朝鮮人が河川地でスクラップ業や豚小屋をやっていたのは、日本中どこでもあったことだ。私も兄と一緒に豚の世話をよく手伝わされた。私の人生は在日朝鮮人という生まれを抜きに語ることはできない。戦前戦後を生き抜いた在日1世や多くの友人に囲まれ、貧困と差別のなかで駆け抜けてきた。

牛や豚に囲まれて私は育った

父は日本の植民地政策による創氏改名で加藤好龍と日本名を名乗っていた。父は当時の男性としては背が高く、漢文も読んでいた。小さい頃から寺で育ったため、読み書きができたのだ。この地域での冠婚葬祭には必ず呼ばれるほどよく知られた存在だった。

母は無学で文字も読めなかったが、生活力に満ち働き者でたくましい女性だった。この時代、文字が読めないことは珍しいことではなく、周囲の在日はみなそうだった。

父と母は私が生まれた頃はほとんどを豚小屋で働いて過ごした。9人の子供を育てるのに精一杯だったのだと思う。私も小さい頃からほとんどを神田の豚小屋で過ごしたことが記憶に残っている。牛や豚はもちろん犬や猫、ヤギにアヒルといろんな動物がいて、特に犬は番犬としていつも4、5匹はいた。

障害をもつ兄は喋ってもなにを言っているのか他人には分からず、視力も十分になく、ものごとを考えることも難しかったようである。それでも、父と一緒に神田の豚小屋で重い残飯を運んだり、リヤカーを後ろから押したりして手伝っていたおかげで力が強くなり、気分を損ねて暴れ出すと大変で、みなが逃げ回っていた。

小さい頃のことだ。兄が外に出かけて戻ってこないので、探しに行くと、駄菓子屋の前に立ちじっとお菓子を見ていた。

「お兄ちゃん帰ろうや」

そう声をかけて連れ帰ろうとすると、近くにいた同じくらいの歳の子に、「朝鮮の気狂いの弟か！」とバカにされた。頭に血が上った私は殴りつけてやろうかと思ったが、かろうじて思いとどまった。兄があんまりに可哀想じゃないか。

兄はその一方で、好奇心が強く、バイクや自転車、車までも少しでも隙を見せると、勝手に乗ってそこらじゅうで事故を起こす始末であった。罪になるようなことはなかったが、地元のヤクザ者の一部は兄が来ると恐れた。力が強い上になにをしでかすか分からないからだ。

神田の豚小屋にはいつも食べ物がたくさんあって食事には不自由はしなかった。ただ、食べ物といっても、残飯である。時折、いつも見かけていた豚がいなくなったかと思うと、食卓に並ぶこともあった。でも、おかげさまで私は身体も人一倍大きくなった。高タンパク質のおかげだろうか。

豚小屋での仕事を手伝わされるうちに嫌なこともあった。足を痛めた豚は育ちが悪くなり、売り先の確保が難しくなるため、豚小屋で屠殺して解体してするのだが、その手伝いをさせられたことだ。

それにはものすごい体力が必要である。大きな斧を振りかざして豚の眉間に一撃を加え、失神させる。専用の包丁で痙攣している豚の首から心臓めがけて刺し、血を出す。普通の人にはできるものではない。だが、私と兄はこれを中学生の頃からやっていた。

気持ち良いものではなかったが、その後は楽しみがある。内臓はよく炊いてから塩をつけて食べる。足はもちろん豚足にする。その他の肉は近所の同胞に分けてあげるのがルールになっていた。

これを残酷という人もいるだろう。だが、それは間違っている。いま私たちが食卓で口にする肉はいずれも生きていたものを誰かが屠殺したものだ。これは当たり前のことである。

血を見て意識が遠のく者もいるかも知れないが、私はこの仕事をしたために慣れてしまい、なんとも思わない。今でも牛や豚を見て肉づきが良ければ、つい「美味しそうやな」と言ってしまうことがある。周囲はびっくりするが、私にすれば本気でそう思っているのだ。

スリムだった私の母

母は絹延橋のたもとの自宅でホルモン屋もやっていた。私はほとんど記憶にないのだが、自宅の周辺は朝鮮人や部落の人たちしか住んでいなかったそうだ。このあたりは通称・中の島と呼ばれ、近くには天の宮という朝鮮人が多く住む長屋が並ぶ地区もあった。ここにはワルがいて、池田や隣の川西では恐れられていた。それが少年時代の私を取り囲む世界だった。

母はホルモンだけでなく、どぶろくやキムチも作り、朝鮮人や部落の人たちに食べさせてわずかな収入を得ていた。中の島は部落の人たちが肩を寄せ合って暮らしているところに、寄辺のない朝鮮人たちが住み着いた小さな集落である。朝鮮人の多くは、韓日併合後に生計のため、あるいは強制連行によって海峡を渡った。

差別される者同士が共棲する小さな集落で、母のホルモン屋は1世たちの安らぎの場所でもあった。母は若い頃は美しく、私を産むまではスリムだったそうだ。その後、父の豚小屋を手伝うようになると、母はホルモン屋を閉めて神田まで自転車に乗って通うようになる。

冬の寒い日には自転車の後ろの荷台に座らされた私は、手が冷たいからと前で自転車をこぐ母の脇の下に手を入れて豚小屋まで一緒に行ったものだ。

豚小屋で仕事をするうちに母は見る間に太っていったが、それは彼女の力強さでもあった。

私の記憶にある彼女は太っているものしかないが、優しく料理が上手な母だった。すでに彼女は亡くなっているが、いまも彼女の料理をもう一度食べてみたいと思うことがある。

終戦からすぐの1945年10月15日に在日本朝鮮人連盟（朝連）が結成された。朝連が取り組んだのが日本各地で民族学校を設立することであった。そこには祖国解放後の日本で在日朝鮮人が自己の民族性や祖国の言葉（ウリマル）を回復したいという切実な願いが込められていた。

母は豚小屋で懸命に働いた

大阪府北部では45年11月に高槻朝鮮学院が開校し、46年4月には東淀川第一朝鮮初級学校が開校した。そして8月には豊能朝鮮初級学校が開校した。この学校は私の長姉である朴淑姫が第1期生である。

各地へと拡大する民族教育に対し、日本政府は48年1月に文部省の学校教育局長名で都道府県に通達「朝鮮人学校の取扱について」を出す。このなかでは「就学年齢に達した朝鮮人子女も、日本人子女と同様に公立学校及び私立学校に通学すべき」とされ、朝鮮人学校の閉鎖に向けた動きが進む。

アメリカ占領軍の意向も受けたこの通達は在日朝鮮人社会の

強い反発を招き、48年4月に大阪府と兵庫県で在日朝鮮人や日本共産党による暴動事件として表面化、米軍が出動する大規模な騒乱事件に発展する。いわゆる阪神教育闘争である。

49年には朝連は団体規制令によって解散され、朝鮮学校も翌年までに全国で２０９校が閉鎖された。６万人いた朝鮮学校の生徒らのうち4万人は日本の学校に移された。

朝鮮学校に対する抑圧政策は51年に日本がサンフランシスコ講和条約を締結するまで続いたが、在日朝鮮人の民族教育への熱意は冷めることなく、53年には生徒数がほぼ倍増して2万人を超える水準にまで回復するなど朝鮮人学校は再び勢いを盛り返した。さらには都内の小平市にキャンパスを持つ朝鮮大学校を頂点とする教育体系が整えられたが、その教育内容は北朝鮮の社会主義建設に忠実な「共和国公民」の育成を図るものだったと言える。

文部省は朝鮮学校に各種学校としての認可を与えないよう求めたが、多くの都道府県で認可が出され、その数は66年までに30あまりに上った。

48年に韓国と北朝鮮がそれぞれ米国とソ連を後ろ盾に樹立されると、米ソ対立の冷戦下という時代背景もあり、朝鮮半島も南北が激しく対立する歴史をたどることになる。それは、日本国内の在日社会にも深刻な影響をもたらした。韓国系の民団と北朝鮮系の朝連（後に総連）と、在日もそれぞれの組織に分かれて所属するようになる。

私の父は日本に原爆を落とした米国よりもソ連を支持することを選んだ。マルクス主義を信奉し、北朝鮮の考え方に傾いたということでもある。父が総連に引っ張り込まれると、その影響で私も総連系の朝鮮学校に行くようになる。

私が通った川辺朝鮮学校は現在の阪急宝塚線の川西能勢口駅のあたりにあった。48年の阪神教育闘争の際の米軍軍政部からの圧力にも屈せず、閉鎖しなかった学校である。川西には民族を愛する人たちがたくさんいた。

朝鮮学校に入学

1963年4月、私は他の子供たちよりも1年早く入学した。なんと母親が私の年齢を勘違いしたからだった。9人も子供を育てるのに精一杯だったのだろう。私は1年生を二度繰り返す羽目になった。

ときは東京タワーの建設が進み、即席ラーメンが登場、巨人の長嶋茂雄が大人気だった頃だ。だが、なんといってもわれわれのスーパースターは、力道山である。米国人レスラーを空手チョップで打ち伏せる勇姿は、敗戦のコンプレックスを乗り越えて新しい時代へと向かう日本国民の姿を象徴していた。

川辺朝鮮初級学校に入学した翌年には64年には東京五輪が開かれ、日本は高度経済成長の

初級学校頃の私。池田の猪名川にて

真っただ中へと突入していった。

そんな時代に、いまでいうピカピカの一年生となったわけだが、川辺朝鮮学校は学校と呼べる代物ではなかった。1年生と2年生と合わせても20人もおらず、2学年が1つの教室で授業を受けた。

朝鮮学校では授業はすべて朝鮮語で行われる。ある程度、文字や言葉を覚えると、早速、金日成革命歴史の授業が始まる。週3回あり、金日成が白頭山で反日パルチザン闘争を率いたと教えられ、反日教育、反米教育を徹底的に叩き込まれた。国歌は金日成将軍の歌だった。革命思想教育に私たちは洗脳されたのだ。

当時、朝鮮学校では総連系の在日はみな北朝鮮に帰国するものと教えられていた。日本語の授業は週2回しかなく、帰国するとの話を鵜呑みにして日本語を十分に勉強しなかった。だが、そのことを後に深く後悔することになる。

金日成のことばかり教えられても、日本社会の中ではまともに育ちようがない。社会には差別があり、一方で親は貧しく家に迷惑はかけられない。勉強もしないで悪いことばかり覚え、小さい頃から万引きに手を染めるのが当たり前のようになるのだ。

日本の学校の子供たちは親から「朝鮮人の子供と遊ぶな」と言われて育つものだから、子供同士のふれあいもなくなる。私たちは社会性のない子供になりがちだった。

私の上の姉や兄たちは優等生だった。ただ、私はそうはならなかった。小さい頃から身体が大きく、なにか腹が立つと我慢ができない性格で、いわゆる〝ごんた〟であった。相手が上級生だろうがお構いなしに喧嘩を売る始末であった。

母はそんな私を見かねて勉強をさせようと、「そろばん学校に行きなさい」と言い出した。授業料を預かりそろばん学校の近くまで行ったが、その日は夏の暑い日。友だちとアイスクリームが食べたくなり、使い込んでしまった。あの時、ちゃんと行っていれば、少しは頭が良くなったのかも知れない。

身内で総連VS民団

私の身内には総連を支持する人もいれば、民団支持もいるし、帰化した人もいる。まだ父が健在の時のことである。姉たちのうち長姉と5番目の姉の旦那が総連系で、3番目の姉の旦那は民団支持。4番目の姉は帰化していた。母親の身内は尼崎にいたが、みな民団系か帰化している。そんな状態でも祭祀（チェサ）ともなれば、みんなが集まることになる。

それはつまり、我が家の大部屋で火花が散ることを意味する。私の頭の中では総連も民団も帰化した人も同じ同胞だ。なんら変わりはないと思う。在日同胞は本来、自由人だ。ただ、組織が邪魔しているだけなのである。

祭祀では最初に父の挨拶から始まり、酒が入って来ると必ず政治の話になる。これは在日ではよくあることだ。だいたい民団側の身内が口火を切る。

「北朝鮮を支持する総連はいったい何がしたいんや」

すかさず、総連側も返してくる。

「同胞の権利擁護のために組織はあるんや」

そうなると、民団側は喧嘩腰でこう言い放つ。

「帰国運動で同胞を片道キップで北に帰らせたけど、あれは日本政府の朝鮮人厄介払いに手を貸したようなもんやないか！」

もう総連側も黙っていない。

「あんたら民団やって軍事政権に加担して在日同胞の民主化運動の参加者が国家保安法違反で捕まったり拷問されたりするのを手伝っとうやんか！」

双方の言い争いに帰化した身内はもう聞きたくないとばかりにこう叫ぶ。

「もうやめて。法事なのになんの話をしてるの！」

金正日が拉致を認める前のことである。当時は総連側の身内も強気であった。今ならそうはいかないだろう。

ともあれ、このやりとりに父は何も言わずに黙っているだけである。最終的に民団側の身内が怒って「一緒にメシなんか食われへんわ。帰るぞ！」と席を立つが、それでも父には挨拶をしてから帰るのが常だった。その場合、総連側の身内が残ることになる。

そうなると、父はひと言話すものだ。

「民族主義者や立派な思想を持った革命家はたくさんおったが、金日成が全部殺してしまった。それでも金日成の長寿を願うことはするが、その息子（＝金正日）の長寿なんてできるか」

こうしてバタバタと祭祀は終わるのだ。これは我が民族の特性なのだろうか。そうした見慣れた光景も、その後、日本に帰化してしまう身内が増えるたびに騒々しさが薄れていくようになった。

豚肉とウィンナーの交換

私は小学校ではサッカー部で活動した。サッカー部といっても、ボールは1つ。グラウンドもなければ、ゴールポストもユニフォームもない。6年間サッカーをやっていたが、試合で勝ったことは一度もない。

　小さい頃は食事がたくさんあって不自由はしなかった。豚小屋で豚にやる残飯である。私が朝鮮学校に通うようになると、母はパン屋の残り物でちょっとカビが生えたものを学校に持たせた。弁当を作る暇などないからだ。

　学校に持って行き、仲が良かった友だちのピョンにも分けてあげると、「むちゃくちゃうまいやんけ！」とモリモリ食べていた。ピョンの名前は正しくは辺ソンオと言うが、私はいつも「ピョン」と呼んでいた。学校の横にくっついている靴の修理屋の息子だ。4畳半の板の間しかない小さな家で、父親や妹と暮らしていた。台所もトイレもなく、水道は学校の水道を使っていた。

　ピョンがあまりにうまそうに食べるので、別の日に学校にいっぱいそうしたパンを持って行くと、私やピョン以外はみな腹痛を起こしてしまい、先生からは「もう持ってきたらあかん」と言われてしまった。母からは「あんただけにしとき」と言われたが、なぜ私とピョンだけは大丈夫だったのか、いまだに分からない。

　最近ではＯ１５７が流行ったりもしたが、恐らく当たる人と当たらない人がいるのだろう。

　母に「みんな弁当やから俺も弁当にしてほしい」と頼むと、母は古いアルミのおさかがりの弁当箱に古くて臭いキムチと家で焼いた豚肉の残りを入れて持たせてくれた。その弁当を新聞紙に包んで鞄に持っていくのだが、私がせわしなく動き回るものだから、キムチの汁と豚肉の汁が教科書に染みついて臭くなってしまうのだった。その臭い教科書では勉強する気持ちにもなれず、勉強しても頭に入らない。それは紛れもない事実であった。

友だちの弁当をのぞき込むと、なにやら赤いものが入っている。私もピョンも思わず「それ、なんや！」と声を挙げると、「ウインナーソーセージや」と答えが返ってきた。私やピョンはそれまで食べたこともなかったのだ。

「この豚肉と交換しようや」

そう頼んで替えてもらったが、友だちも私があげた豚肉をむしゃむしゃ食べていた。私にとってはありふれた豚肉も他の人にとっては高級品だったのかも知れない。交換してもらったウインナーの感想は、「うまい！これはたまらん味や！」。

以来、よく豚肉とウインナーを交換してもらっていた。いまだに私はウインナーが大好きだ。

小さい頃はほとんどの時間をピョンと一緒に過ごしていた。日本の社会では、朝鮮学校に対する差別と偏見があり、日本の学校の子どもたちは朝鮮人の子どもたちと遊ぶなと親から言われていた。子ども同士のふれあいがないために、社会性も持てなくなり、そこに朝鮮学校での反日教育が加わるという悪循環に陥る。

ある日、私がピョンをはじめ朝鮮学校の友人たちと山にクワガタを採りに行ったときのことだ。クワガタを捕まえるのに成功し、家に帰ろうとしたところ、6年生くらいの子たちがクワガタ同士を闘わせる相撲をして遊んでいた。

私とピョンは「面白そうやな。わしらも仲間に入れさせてくれんか」と声をかけ、クワガタを差し出したところ、「おまえら、これ朝鮮クワガタか」と言うなり、クワガタの首をブチッとねじ曲げ、無惨にも死なせてしまったのだ。

目を点にしながらも、私たちが捕まえなければ死ぬこともなかったろうにと、可哀想に思ったものだ。

私の子ども時代といえば、朝鮮総連が北朝鮮への帰国運動を推進していた頃だ。「北朝鮮は地上の楽園である」との宣伝に乗せられ、多くの同胞や朝鮮学校に通う学生たちが北朝鮮に渡っていった。

民団はこれを阻止しようと、「北送反対決死団」を結成し、450名あまりが線路に座り込み、帰国船が出港する新潟行きの列車の進行を妨害したほか、決起大会や街頭デモを繰り返した。

朝鮮総連の帰国運動を支援したのが、当時、安保闘争などで大きな影響力を持っていた日本の革新勢力である。社会党の浅沼稲次郎や共産党の宮本顕治などを顧問とする在日朝鮮人帰国協力会が発足する一方で、総連は11万7000人におよぶ帰国希望者の名簿を公開。日本政府に圧力をかけた。さらに、日本赤十字社も、帰国問題は政治と分離した人道問題であるとして問題の早期解決を訴えた。

ここに至り、日本政府は閣議決定をし、それを発表した。その内容は、帰国に伴う一切の業務を日本赤十字社と国際赤十字連盟に委ねるというものだった。

これによって、9万人を超える同胞が北朝鮮へと渡った。私たちの友人や親戚、仲間も渡ったが、二度と戻ってくることはなかった。この時の総連の運動や日本政府の判断が正しかったのかどうかは、すべて歴史が明らかにすることであろう。

学校でトップの座に

朝鮮学校では週3回も金日成革命歴史という授業が行われ、私たちを徹底的に洗脳していたことはすでに述べた。朝鮮学校の初等部で長く担任であったチョウリョンヒョンは、金日成の教示を頻繁に引用して授業を行う教師で、まるで自分自身が革命戦士であるかのようだった。この先生はその後、総連中央本部へと栄転し、最後は中央の副議長になった。

北朝鮮は地上の楽園である、教育費も医療費もかからない。そういった宣伝は朝鮮学校のなかでも行われた。私たちの川辺朝鮮学校は小さな学校だったが、1年生から6年生まで数十人の学生が帰国していった。

6年生の2学期が過ぎた頃には、学生の数が少なくなり、学校の運営がままならないほどになる。私たちは伊丹朝鮮学校と統合され、残り1学期をバスで伊丹まで通い、卒業せよ、となったのである。

この伊丹の学校は今でもある。伊丹にはいくつかの朝鮮部落があり、生徒も多かった。川辺から移ってきた子どもたちは少なく、6年生は7人だけである。子ども社会にはつきものだが、やはりいじめがあった。私は身体が大きく、腕力もあり、しかも兄から喧嘩のしかたを教わっていた。そんな私を放っておくわけがない。私はいじめの標的にされてしまったのだ。毎日のようになにかしら嫌がらせがある。私はずっと我慢していたが、向こうは挑発してくる。ついに7、8人を相手に切れてしまった。私は教室から廊下に出ると、「文句あるヤツはどっからでもかかってこい！」と怒鳴りつけてやった。

相手はなかなかかかってこない。じりじりしていると、1人だけ飛びかかってきた。そいつのパンチをかわすなり、強烈なパンチを頭に食らわしてやった。

その途端、ヤツらは敵わないと思ったのか、先生のところに駆け込み、私が暴力をふるったと喚き立てた。この先生の名前も憶えていないが、私にわけを聞こうともせずに、みんなの前で私を叱りつけた。

だが、このことがあってから、私は学校でトップの座につき、誰も私に逆らおうとしなくなった。そうこうするうちに、伊丹のヤツらも自分たちが勝てない相手をやっつけてほしいと私に頼みにきた。

その相手は年上の中学2年の悪ガキ。近くの神社で1対1で喧嘩することになった。接戦の末に勝敗は引き分けに終わったが、中学生を相手に引き分けに持ち込んだ私にみんなは驚くばかりだった。

朝鮮学校の生徒を相手に日本の学校の生徒たちが暴力沙汰におよぶことは、この時代、珍しいことではなかった。国士舘大学の学生による東京朝鮮高校の生徒に対する集団暴行事件、通称・朝高狩りもこの頃のことだ。

大学も警察当局も特に問題視することもなく、むしろ朝高の生徒が捕まることがあるなど、ひどい差別がまかり通っていたが、朝鮮学校の生徒たちも日本の学校の生徒たちに暴力的な行為をしたのも、これまた事実である。

協定永住権

そんな最中の1965年、日韓基本条約が調印された。それにともない在日韓国人の法的地位をめぐる協定も結ばれた。これによって日本での永住権が認められ、翌年から協定永住権の申請の受付が始まった。

協定永住権にともない協定の第4条で教育や生活保護、国民健康保険を受ける権利が認められた。しかし、教育はあくまでも日本学校で同化教育を受けるということであり、ただちに受け入れられるものではない。また、生活保護もすでに日本人に準じて適用されていた。

だが、国民健康保険を受けることができるようになったのは、日本企業の就職差別によって社会保険の網からほとんど排除されていた在日にとって極めて大きな意味を持った。それまでは、私たちは病気や怪我をすると、医療費を全額負担するより他なかったのだ。

私が小さい頃に花火で目にやけどをしたことがあり、次姉が眼科に連れて行ってくれたが、高額の医療費を請求された記憶がある。病気や怪我をすれば、親に迷惑がかかるので、病院にも行かずに我慢するのが当たり前だった。

そんな状況だったので、韓国籍を取得すると、永住権がもらえ、国民健康保険の適用を受けることができるだけでなく、生まれ故郷の韓国に行くためのパスポートも発行してくれるとあって、日本じゅうの在日が大騒ぎとなった。35、36万人の在日が韓国籍を取得することを選び、協定永住権を申請した。

一方で、朝鮮籍のままの在日には協定永住権は認められなかった。のちに82年になって朝鮮籍にも特別永住権が認められたが、永住権や国籍変更をめぐって、これを推進しようとする韓国政府や民団と、これを阻止しようとする総連との熾烈な攻防が全国で繰り広げられたことで、在日社会は深く引き裂かれてしまう。

韓国か北朝鮮か、民族としての帰属意識か日本への同化か、本名か通名か、さらには組織か個人か。この時期に青年期を過ごした在日は、否応がなく二者択一を迫られ、精神の座標軸を見失って暴走する者も少なくなかった。

その一人、在日2世の金嬉老は静岡県清水市の歓楽街のクラブで借金返済をめぐるトラブルから暴力団員2名をライフル銃で射殺した後、温泉旅館に逃げ込み、従業員や宿泊客を人質に88時間にわたって籠城した。

立てこもる金嬉老は自分を差別した警察官の謝罪を要求して記者会見を開くなどしたことから、この事件は民族差別が背景にあるとマスコミは報じた。いわゆる金嬉老事件である。

身柄を拘束された金嬉老は裁判にかけられるが、そこでも在日としての生い立ちが犯行の動機に関わるとされたことから、当時、朝鮮中級学校の生徒だった私たちのあいだでも大きな話題となった。

喫茶店で煙草を吸う中学生

私は伊丹の朝鮮初級学校を卒業した後、大阪市の東淀川区にいまもある北大阪中級学校に入学した。

当時の朝鮮学校は、祖国の分断や日本社会の差別と偏見という環境のなかで、ものごとを正しく見ることができず、社会に反発して暴走する者もたくさんいた。特に私が進学した北大阪朝鮮中級学校は、数ある朝鮮学校のなかでも最悪の状態だった。

初級学校時代から私は上級生とつるみ、デパートに行ってお菓子やチョコレートを万引きしたり、腕力にものを言わせて4年生なのに6年生を喧嘩で打ち負かしたりしていたが、北大阪の中級学校はレベルが違っていた。

入学すると、私よりずっと背丈が大きな連中がいて、坊主頭にそり込みが入り、中学1年生で学ランを着て煙草を吸い、シンナーを吸っているヤツまでいた。

先輩の2年生、3年生はというと、まるで高校生だ。学校に近い上新庄駅周辺の喫茶店に行くと、同じ学校の悪ガキたちが煙草を吸い、女の子としゃべっている。そのなかには女子校の生徒までいた。なかには学校のなかでも、煙草やシンナーをやっている連中も。私は思った。これは学校ではない、愚連隊の集まりだ、と。

学校へは能勢電鉄の絹延橋から川西能勢口で阪急宝塚線に乗り換え、さらに十三で阪急京都線に乗り換えて上新庄で降りるわけだが、十三あたりからガラリと雰囲気が変わる。十三から淡路、上新庄あたりは北大阪朝鮮学校（朝中＝チョンチュウと呼ばれていた）の生徒が我が物顔だった。

日本の学校の生徒を捕まえて金を巻き上げる、恐喝や暴力は日常茶飯事である。下級生の私たちに金や煙草、シンナーなどを学校に持って来いと脅し、持っていかなければ、ボコボコにされる。そうでなくとも私は身体が大きいので先輩に目を付けられ、先輩には毎日のように殴られる。それに加えて同級生からもいじめられる始末だ。

「生意気や」

理由はそれだけである。あまりに当たり前のように殴られるので、それに慣れてしまい、恐怖を覚えなくなってしまった。

学校ではサッカー部に入部したが、顧問の先生はいないも同然で、先輩が代わりに指導してくれる。と言っても、サッカーではない。いじめとしごきだけである。練習が終わったら終わったで、帰りにまた先輩からボコボコにされる。同級生のなかには学校に来なくなったやつもたくさんいた。

そうなると、今度は同級生を呼んで来いと先輩は言う。これはもう地獄である。恐喝をさせられたり、喧嘩をさせられたり、万引きもさせられる。しかも、それをすべて先輩に取り上げられるのだ。

どうしてこんなことがまかり通るのか。当時の私にはまったく理解できなかった。やがて私が2年生になった年に、学校に新しい先生が着任した。夫永旭先生だ。いまの朝鮮総連大阪府本部の委員長である。夫永旭先生の着任で、少しは学校もましになったような気がする。しかし、あくまでも「少し」である。

夫永旭先生もこの学校には手を焼いたようで、「これでは生徒でない。愚連隊だ」と生徒たちを殴ったこともあったそうだ。

そこには、当時の時代背景がある。あの頃は柳川組や明友会などの影響が大阪の在日社会には強く、父親がその傘下にいたり、身内がいたりするということは、ごく当たり前のことだった。そうした家庭環境がにじみ出ていたのが当時の北大阪朝鮮学校なのだと、のちに先生は私に複雑な心境を語って聞かせてくれたことがある。

なぜ私たちはこうなってしまったのか

大阪だけではない。この時代の朝鮮学校の生徒たちはあちこちで犯罪や暴力に駆り立てられ暴走していた。

1982年には仙台の東北朝鮮高級学校で、北海道出身の1年生が2年生による集団暴行を受けて意識不明となり病院に運ばれたが、息を引き取るという事件があった。

死因は外傷性内臓出血と頭部打撲である。不審に思った病院側が通報したことで警察も捜査を始め、翌日の地元紙「河北新報」が社会面に「朝鮮学校の生徒変死」の見出しで報じた。

朝鮮学校側は警察の立ち入りを許したくはなかったであろうが、生徒が死亡している以上、強く抵抗はできない。やがて2年生の2人が傷害致死の疑いで逮捕された。その後、2人が追加され、計4人の逮捕となった。

当時の校長は、一連の事件の背景には、民族差別の問題が深く絡んでおり、単純な暴行事件ではないとして歴史問題にすり替えを図っている。

しかし、理由の多くが学校側にあるのは事実だ。私が通っていた北大阪朝鮮学校でこのようなことが起きたとしても、なんら不思議ではない。日本の各地にある朝鮮学校では、死者こそ出ないものの、似たようなことが少なからずあったはずだ。なぜこのように朝鮮学校では、生徒たちが荒れるのか。私は以下のように分析している。

まず、背景には総連による帰国運動の成功がある。この成功によって総連は皮肉にも自らの大衆的基盤を掘り崩してしまった。続々と帰国した同胞は、当然ながら総連の支持者であり、その帰国は長期的な組織の形成や維持の観点から言えば、勢力基盤の重大な損失とならざるを得ない。大雑把に言ってしまえば、タコが自分の足を食べてしまうようなものだ。

加えて、35万人もの同胞が協定永住の申請をしたことでその力に翳りが見え始めた60年代後半といえば、総連や朝鮮学校は中央の副議長だった金炳植によって組織の硬直化が急速に進んだ時期でもあった。

学習組や空手の有段者からなる秘密工作部隊のふくろう部隊によって、金炳植のライバルや批判者が監視され、過酷な総括や自己批判を強いられた。その一方で、総連の活動家や朝鮮学校の先生のなかには、金炳植を強烈に支持する者もいて、組織内でチュチェ思想や革命伝統の確立を強力に推し進めるようになる。

ついには、72年に韓徳銖すらも棚上げして金炳植は自ら総連のトップの座を狙うが、韓徳銖が反撃に出る。金日成の支持を取りつけると韓徳銖は金炳植を失脚に追いやった。金炳植は北朝鮮へと召喚されてしまう。

朝鮮学校の生徒たちがこうした権力闘争と時を同じくして暴走していったのは、金炳植によって過激化した自己批判や金日成革命歴史教育の押しつけに対する生徒たちの自由への叫びだったと私は感じている。

日本社会にアメリカの文化が大量に流れ込み、私たち若者はフォークソングやビートルズ、ロック、スポーツにハリウッド映画に魅せられた。新しい文化に対する好奇心は私たちを突き動かし、これこそが革命であったように感じられた。

朝鮮総連の活動家たちの愛国心や社会主義への情熱は理解できるが、在日2世や3世の無限の可能性が世界に向けて羽ばたくようサポートすることこそ、本来、朝鮮学校が目指すべき教育ではなかっただろうか。

そうした在日同胞の思いよりも、海を隔てた祖国の権威にすがる傾向を強めていったことが朝鮮学校の長期に及ぶ衰退の始まりとなったのではないかと私は考える。

北へ帰った友

私の小さい頃の名前は朴秀男であったが、日本風の名前だということで、長姉の夫で朝鮮大学校の教員をしていた康忠熙が私の名前を朴泰弘に変えてくれた。以来、私は朝鮮学校に入ってからもずっと朴泰弘で生きており、いまでも私は朴泰弘の名前で呼ばれている。

ただ、義兄がこの名前をつけてくれたことで、私の人生が複雑になったこともまた事実である。

通常ならば、日本の同化政策であった創氏改名の影響で在日社会では通名を名乗るのだが、私の名前に関してはまったく創氏改名とは関係がなく、近所の人がつけてくれた。とはいえ、ここで創氏改名についてあらためて説明しよう。

創氏改名は、1940年に日本の植民地であった朝鮮で実施されたが、単に朝鮮人の名前を日本人風に変えさせたものと理解されることが多いが、実は複雑で多様な政策であり、同化と差異という日本の植民地政策の特徴をよく表すものであった。

日本の朝鮮総督府は、朝鮮の歴史や文化を奪い、代わりに日本語教育を強要し、さらには天皇制の歴史や文化を注入しようとした。「帝國臣民化」のスローガンが叫ばれ、朝鮮人の日常生活様式すべてを日本化させようとし、その帰結点が創氏改名だったのである。

いま現在でも在日社会では通名が普通に使われているが、これこそ創氏改名の歴史を物語るものだ。

朝鮮学校における教育の歴史で明らかにされてこなかった問題はたくさんある。その一端を私の学生時代の経験を振り返ることで語っていきたい。バカげたことのように感じられるかも知れないが、これもまた現実である。

北大阪中級朝鮮学校に入って1年くらいは学校に友だちはできず、川西にいるピョンと遊んでいた。2人して総連川西支部でガワンシンという格闘家のもとでいつも練習していた。

私も実戦での戦いかたを学ぶことでもっと強くなろうと、2年間、毎日練習しているうちに、

2人ともどんどん体格が成長するようになり、私にいたっては中学2年で身長が180センチになった。身体が大きくなると、戦うことも楽しくなり、ピョンと喧嘩を繰り返していた。もはやボクサーを相手にしても負けないくらいとなり、喧嘩が強いことで知られた高校生まで相手にするうちに、私たちの名前がどんどん売れていった。

北大阪中級朝鮮学校で私をいじめた同級生や強かった悪ガキたち、片っ端からサシでの喧嘩を申し込んだ。悲しいかな私に敵う者などいない。気づけば私は番長だ。それでも飽き足らず、ピョンと連れ立って梅田まで喧嘩相手を探しに行く始末であった。

そんなことを繰り返していた頃、ピョンが私に話があるという。川西駅近くの喫茶店に行くと、ピョンが煙草を吸いながら待っていた。そのさまはまるで高校生である。

「俺は日本におるとろくな人間にならんから、家族みんなで北朝鮮に帰ることにした。北はええ国らしいで」

ピョンはそう切り出すと、北に行って勉強して真面目な人間になると言う。それっきり言葉少なく座っていたピョンは別れ際に「最後やからおまえにやるわ！」と高級な新品の自転車をプレゼントしてくれた。

ピョンが大阪駅から新潟行きの列車で出発する日、私は悲しさのあまり見送りに行かなかった。それをいまでも悔やみ後悔している。大阪駅どころか新潟まで見送ってやればよかったのに……。

北へ渡ったピョンとは連絡が取れなくなり、その後、私が2度ほど北朝鮮に行ったが、会うこともできず、生きているのか死んでいるのかすら分からない。朝鮮人民軍に入ったとの話もあった。

あの時期、大阪駅では北朝鮮に帰る友人や親族を同胞たちが見送るシーンがよく見られたのだ。

ピョンが北朝鮮に帰国した後のことである。私の家の前にパトカーが停まり、川西警察の警察官が家のなかに入ってきた。

「この自転車はどうしたんや?」

そう聞かれるなり、私は警察署に連れて行かれる羽目に会う。「友だちにもらった」と説明すると、「その友だちはどこや!」という。

「北朝鮮に帰ったで」

「ええ加減なこと言うな」

信用していなかったのだろうが、なんとか釈放してもらえた。

「あのバカ、プレゼントとぬかしとったが、やっぱり盗んだんか」と思ったが、なんとも憎めない。私には最高の置き土産となった。

「サンペン」と恐れられて

1959年に始まった朝鮮総連による帰国事業は60年代後半になっていったんは下火となったが、70年代に入ると、再び力が入れられるようになる。それにともなって南北関係は緊迫し、民族や国家にまつわる政治的な問題が多くの在日の意識を縛りつけていた時代でもあった。

総連と民団の対立は子どもたちの世界にもおよび、私たち総連系の朝鮮学校の生徒は韓国系の学校の生徒たちとも対立し、さらには日本の学校の右翼学生たちによる集団暴行事件も続発するという状況だった。私たちはやられたらやり返すしかない。

そのうち朝鮮学校はガラが悪くて暴力的という風評が出始め、日本の学校の不良学生は私たちの学校を「サンペン」と呼んで恐れた。朝鮮学校の校章が3つのペン先のマークからなっていることからきたものだ。

朝鮮学校の生徒たちが差別と偏見から逃れようと暴走する一方で、朝鮮総連や学校の先生たちは金日成の教示である「子どもたちは私たちの国の花のつぼみであり、明日の希望である」との言葉を盛んに使い、学生たちをさらなる北への帰国者へと駆り立てていたのである。

そんななか、ピョンがいなくなり落ち込んでいた私は、北大阪朝鮮中級学校の一番のワルであった朴訓と仲良くなった。朴訓は家に泊まりに来いと私をよく誘った。

行くと、朝早くから母親が創価学会のお題目を唱えていた。当時の私にはなんのことか分からない。在日のなかには創価学会の信者となっている者が少なくない。

ある時、1つ上の先輩である金浩一と李道雄が私と朴訓にある計画を持ち込んできた。中津にある模型工場に忍び込み、模型を大量に盗んでしまおうというのだ。すぐさま実行にとりかかった私たち4人は、目立たぬよう黒い服を着て夜中に忍び込み、高い塀を越えて模型を盗み出すのに成功した。盗んだ模型は大量にあり、取りあえず廃棄されていたトラックの荷台に載せシートをかぶせて隠しておいた。

数日後にあらためて取りに行くと、なんとトラックごとなくなっている。漫画のような話だが、悪いことをするとうまくいかないものだ。

天神橋筋六丁目、通称・天六といえば、在日が多く住む地区である。

のちに金浩一は在日朝鮮人商工会大阪府本部の大物となり、李道雄は朝銀大阪信用組合が破綻した後にできたミレ信用組合の大幹部になっている。こんなことを暴露して申し訳ないが、まだガキの頃のことだ。ご容赦いただきたい。

私と朴訓に新しい仲間が加わった。阪急線の正雀に住む金義夫だ。ちょっと変わったヤツで、普通のことができない。壊れたロボットのような男だった。

吹田の朝鮮部落に住んでいた金哲仁はビートルズに憧れ、ジョンレノンが大好きな男だ。実際、顔も少しジョンレノンに似ていてハンサムだ。だが、キレるといちばん危ない。

私たちはブランド物の万引きやカツアゲをしていたが、そのうち「十三で朝鮮学校の学生がカツアゲしている」と通報され、張り込んでいた淀川警察の刑事に現行犯で逮捕されてしまう。署で取り調べをうけていると、父や兄が署まで迎えにきてくれた。

私は家庭裁判所送りで済んだが、その他の連中は鑑別所だ。父や兄に申し訳なく、私はこれを最後に万引きやカツアゲを卒業することにした。

金義夫は傷害などで少年院に入り、後にヤクザとなる。24歳でシャブ中だった弟に刺されて死亡してしまうという悲惨な最後を迎えた。

また金哲仁は、当時まだ勢いが残っていた帰国事業に乗って、父親を日本に残したまま、ピョンと同じようにたった1人で北朝鮮へ帰って行った。

しかし、その後に亡くなった父親の骨を拾い墓を建てようとしたのか、5年後に北朝鮮の貨物船に忍び込み日本に戻ろうとしたが、見つかってしまい、逃げ回った挙句に射殺された。かわいそうな人生である。

朴訓は中学3年の頃にはもう学校に来なくなった。どこかの女性と一緒に暮らしているとの噂はあったが、どうしているのだろうか。いまは連絡がとれない。

私が中学2年のときの北大阪朝鮮学校の実態をもう少し話しておきたい。3年生の先輩は私たち後輩を毎日のようにリンチした。屋上に連れて行かれ服を脱がされ裸にさせられた上で傘でつつかれることがあったかと思うと、私の体が大きいのが生意気だと便所で代わる代わる殴られるということもあった。

なかには鼻の骨が折られたやつまでいる。シンナーを持ってこいと言われて、持って行かなかったら、また殴られた。先輩のなかには悪いやつがたくさんいたが、本当に喧嘩が強いのはあまりいなかったように思う。

私はサッカー部で中学2年にしてゴールキーパーをやっていたが、この私だけをターゲットにしていじめやしごき、さらには殴る先輩もいた。パチンコ屋の息子だったやつだ。サッカーはあまりうまくないが、絶対に逆らわない後輩の私を毎日殴ることが楽しみだったのだろう。そうしたいじめに私は1年間耐え抜いた。意地でも耐えてやると思ったのだ。

学校帰りの阪急線で一緒だった先輩は、私が喧嘩が強いことを見抜いていて、私に高校生相手にカツアゲをしろと命令することがよくあった。相手がかかってくることがあれば、だいたい私だけが相手をさせられる。ときには大学生が相手だったこともある。そうしておいて、先輩は金を全部持って行くだけでなく、相手が着ている服や靴下、ベルト、靴、バッグに至るまでなんでも持って行った。

これはすべて事実のことである。朝鮮学校では在日が日本の社会で生きていくための教育はされていなかった。遠く離れた北朝鮮に帰国する準備ばかりだった。いまになって当時の朝鮮学校を思い返すと、どうしてあのような学生を産み出すことができたのか不思議でならない。漫画や映画でも表現しきれないほどむちゃくちゃだった。

変わりゆく時代の狭間で

そんな最中の1972年7月4日のことだ。南北共同声明が発表された。祖国の平和的な統一に向けた原則を確認したこの共同声明によって、在日コリアンの社会でも祖国統一に向けて大きく動き出すものとの受け止めが広がった。

しかしながら、韓国ではこの声明から3ヶ月後の10月に朴正熙が戒厳令を宣布し、翌月には維新憲法を施行した。これにより、有権者から大統領を選出する権利を奪い、独裁体制を強化する。いわゆる維新体制である。70年代の在日社会では、この韓国の独裁体制とどう向き合うのか、避けがたいテーマとして持ち上がるようになる。

民団の中でも71年の大統領選挙で朴正熙を相手に接戦を繰り広げた金大中を支持する民団東京や韓青同のような改革派は維新体制に対峙する姿勢を表明したが、民団中央は維新体制を支持する説話文を発表。改革派を組織から追放することを明らかにした。

一方、朝鮮総連では、72年7月に金日成の生誕60周年の祝賀団の報告会が東大阪市民会館で行われ、総連中央の李珍桂副議長が出席し、2500名ほどが参加した。金日成元帥は45回目となる教育援助費3億4227万800円を送ってきた。

さらに南北共同声明を支持する在日朝鮮人大阪府大会が天王寺音楽堂で開かれ、7000名が参加した。ここには韓青同中央の委員長も出席して挨拶したが、朴正煕政権や民団中央は韓青同が総連との連携を深めるものと警戒。韓国政府は日本の大使館や総領事館にKCIA（中央情報部）要員を配置して在日社会の監視や政治資金の集金、さらには総連に対する情報収集などに暗躍するようになる。

そればかりか韓国政府は在日の資本や技術を切実に必要とし、それを誘致し続けた。民団が韓国の経済成長に多大な寄与をしたことは否定できない。

ただ、裕福な在日の事業家を皮肉って在日トン胞（トンとは金の意）と呼ぶこともあった。「トン」と「同」の音がよく似ていることに引っかけた言い回しだ。

当時は韓国の田舎に行けば、「誰々は在日トン胞が親戚にいるおかげで突然に良い暮らしをするようになった」という話がよく聞かれた。しかし、大多数の国民が貧しかったあの時期に、「お金持ちの在日同胞」の存在は、羨ましさを超えて妬みの対象でもあった。

このような感情は植民地支配を行なった日本への敵対感情とも結びつき、在日に「半チョッパリ（半日本人）」という侮蔑的なイメージを持たせることにもつながったと言える。

こうした感情は北朝鮮でも共通する。同じように在日は金持ちで見た目も違うと映るらしく、北の人民からは「チェポ（在胞）」と呼ばれて差別される。日本での差別から解放されたはずの帰国者を待っていたのは、新たな過酷な差別であった。それに耐えきれず脱北する者が現れるようになる。

ただ、総連の北朝鮮に対する態度は盲目的な忠誠心に近いものだった。いつの日か祖国に帰るとの願望に起因するものだと言えたが、それは正常なものではなかった。

その頃、私は中学3年生になっていた。先輩からのいじめや暴力を耐え凌いだ経験から私は一切、後輩には暴力を振るうことはしなかった。

また、この頃になると、新しい世代感が生まれ、時代の変化が感じられるようになっていた。総連系でも民団系でも、はたまた帰化した者でも、日本の社会で生きていくからには、日本の法律を守っていかなければならないのは、言うまでもないことだ。

朝鮮学校でも民族教育のあり方や荒れ放題の生徒たちをどう教育していくか、模索していたのだと思う。

日本の高度経済成長とともに新しい文化が欧米から入り、それは朝鮮学校にも影響を及ぼすようになる。ビートルズやローリングストーンズに始まり、吉田拓郎や井上陽水といったフォークソングなどを聞く私たちは、日本の学校の子たちとなんら変わらない姿だと言えた。

北大阪朝鮮中級学校の卒業が近くなるにつれて、悪ガキは自然と学校に来なくなり、なかには北朝鮮へと帰る者もいれば、仕事に就くようになる者もいた。私は大阪朝高に進学することにした。76年のことだ。

第2章
伝説の番長

大阪朝高

当時、入学試験はあってないようなもの。1次試験では落ちたが、2次試験で入ることができた。正直に言って、試験用紙には何も書いていない。名前と知っていることを少し書いただけだ。大阪朝高の現在の校舎はまだ建設中で、入学試験は旧い校舎で受けた。2次試験を受けに来るヤツらは目つきや格好が違う。

そのなかに、スキンヘッドで絵に描いたようなワルの学ランを着ているヤツがいた。日本の学校から朝高に入ろうとしていた韓サンスだ。通名の西原を名乗っていた彼は、のちに私と朝高のナンバー1の座をめぐりサシの喧嘩をすることになる。

その他にも東大阪、南大阪、西成、中大阪の各朝鮮学校、さらには日本の学校からと、どいつも強者揃い。北大阪の学校から見ると、大阪朝高は大きな舞台と映った。

先輩から殴られたりすることは絶対にさせないようにしようと固く決心していただけでなく、喧嘩では必ずトップになってやろうと誓い、そのチャンスを待っていた。血気盛んなヤツらばかりである。入学早々、あちこちで喧嘩が始まった。

私は先輩らの見ている前で派手に喧嘩したりしてわざと強さを見せつけると、あとは雑魚を相手にせず、最後に勝ち残ってきたヤツと決着をつけてやろうと決めていた。小競り合いが続くが、所詮、どんぐりの背比べ。高見の見物を決め込んだ。

私が住んでいた絹延橋から能勢電車に乗り川西能勢口で阪急に乗り換えて梅田で環状線に乗り、さらに鶴橋から近鉄線で花園まで行くのが大阪朝高への通学ルートである。満員電車に乗って毎日通学なんて聞いただけで疲れる。当時の私に真面目に毎朝学校に通いなさいというほうが間違いだ。

朝高の運動会で空手部の演武に助っ人として参加

当たり前のように遅刻し、ひどい時は3時間目の授業が終わる頃に学校に行くこともあり、むしろ学校をサボってパチンコ屋に行くことのほうが多かった。当時の朝高生はパチンコで勝って金を稼いでいたのだ。
西原とは自然と戦うことになった。彼は朝鮮学校から朝高に来たヤツらより勇敢で、正面から正々堂々と戦いを挑んできた。根性も座っている。日本の学校から入った彼は、私に勝ったとしても、他の朝鮮学校の連中に袋だたきにされたかも知れない。
勝負は1対1だ。廊下ですれ違いざまに、放課後に決着をつけよう、花園神社で待ってろと伝えた。学校では大騒ぎとなり、神社の境内には100人以上が見物のために集まっていた。1

学年上の番長からは「負けるな」と声をかけられた私はこう返事した。

「勝つまでやります」

神社での戦いが始まった。西原は恐ろしくド派手な学ランを着ている。いかにも高そうだ。

身構えて思わずその学ランに見とれたその瞬間、西原のストレートが飛んできた。すんでのところで私はそれをかわし、パンチを繰り出して、西原をじわりじわりと追い込む。追い詰められた西原に私が食らわしたのは、とどめのパッチギ。鼻から血が噴き出し、西原は倒れそうになる。

戦いが終わると、私たちは男らしく仲良くなり、西原は私の下についた。のちに生野の朝鮮学校から来た連中が日本の学校から入って来た連中をいじめ始め、なんの罪もない真面目な生徒までボコボコにするようになると、西原は朝高を去って行った。

その後、暴走族の河内連合を設立してリーダーとなって暴れまわったかと思いきや極道の世界に入り、名を挙げるようになる。

当時の大阪朝高には日本の学校から編入してくる子たちがたくさんいた。日本の学校で通名を名乗り、日本の社会で小さい頃から差別を受けながら育つことで、民族意識を持てないまま感情的な反発から非行に走り、グレてしまう子は少なくない。

同じ仲間を求めて朝高に入ったのだろうが、朝鮮学校でずっと学んできた子たちよりも複雑な心情を抱えて成長してしまうのだろう。

「学校に行かへんのなら仕事せえ」

私たちの家は池田の五月山の麓にあり、目の前を猪名川が流れていた。川辺に出ると、亀や鯉がたくさんいて捕まえることもできた。冬になれば鴨がいっぱいやって来るし、なぜかカモメまでも来る。静かで自然に恵まれた環境だった。私は池田の家ではいつもぐっすりと眠ることができた。

だが、朝になるとオモニの声で雰囲気はがらりと変わる。私が朝高に遅刻しないように通うためには、朝6時55分発の能勢電車に乗らなくてはならない。

オモニは時刻表のことはよく分かっていなかったが、本能で覚えている。何人もの子供を育てたが、私は末っ子だ。朝早くに私に「テホナー、イロナラ！（泰弘、起きなさい）」と声をかけてくる。私が起きずにぐずぐずしていると、そのうちに「テホナー、ハッキョアンガナー！（泰弘、学校に行かないの！）」となる。

「うーん」

そうやって私がまだ生半可な返事を返そうものなら、次の言葉はこうなる。

「ハッキョアンガミョソイルヘラ！（学校行かへんのなら仕事せえ！）」

私はこの言葉を聞くと、飛び起きたものだ。小さい頃から私や兄は豚小屋や牛小屋で糞の掃除を手伝わされた。残飯を運び食べさせるのは大した仕事ではなかったが、糞の掃除は過酷である。

牛小屋でスコップを使って掃除をしていると、牛の後ろ足が飛んでくる。牛のキックだ。スピードがあり、喧嘩でもこんな強力なものをくらうことはない。父は牛に蹴られて肋骨を3本折ったことがある。兄は足の爪が剥がれたことがある。

それだけではない。掃除の最中に牛が尻尾を振ると糞が飛んできて私の顔が糞だらけになり、口の中に入ってくることもある。とても他人に見せられたものではない。

豚小屋と牛小屋の両方の掃除を終えた頃には、臭いが染みついて風呂で体を洗わないと取れない。糞の臭いをさせたまま食堂に行くこともあったが、他の客から変な目で見られてしまう。

そんなわけだから、オモニの「学校に行かへんのなら仕事せえ！」のひと言で私は歯磨きもせずに家を飛び出すのだった。

私が大阪朝高に通っていた期間には、日韓関係を揺さぶる大事件が相次いで起きている。そのひとつが1973年8月の金大中事件である。

71年の韓国大統領選挙で野党候補だった金大中は、朴正熙を相手に接戦を繰り広げ、一躍、韓国の軍事独裁政権に声を挙げる反体制活動家として国際的にその名が知られるようになる。

その影響力を怖れた朴正熙政権の弾圧を受けた金大中は、73年頃には日本で事実上の亡命生活をしていた。自民党左派の宇都宮徳馬らの支援を受けながら、民団の改革派であった在日の若手らとともに韓民統（韓国民主回復統一促進会議）の日本支部の結成に向けて動き出す。

まさにその発起大会を目前に控えた8月7日のことである。東京・九段のホテルグランドパレスから白昼堂々と金大中は拉致された。車で関西まで運ばれ、大阪港から船で韓国まで連れ去られたところで金大中は解放されたが、以後、自宅での監禁生活を余儀なくされる。

警視庁の捜査によって韓国中央情報部（ＫＣＩＡ）の関与が明らかになると、日本の世論は猛反発。日韓関係は一気に緊迫化する。

この事件には東声会の町井久之こと鄭建永や柳川組の柳川次郎こと梁元錫ら在日のヤクザの関与もあったとも言われているが、事件の全貌はいまだ明らかになっていない。ただ、日韓両政府が最終的には政治決着で穏便にことを済ませようとした裏で、当時の田中角栄首相が朴正熙側から少なくとも現金4億円を受け取っていたと証言したのは、その現金授受の場に居合わせた木村博保元新潟県議である。

長野での合宿

このような大事件があっても、私たち大阪朝高の生徒らは荒れ狂う状態のままだった。朝鮮総連が教育事業に力を入れるのは、日本に住む同胞に朝鮮民族の魂を植えつけ、日本人へと同化することがないようにするためである。

ただ、そんな総連の思惑など私たちはお構いなしで、まるで愚連隊さながらだ。あまりの出来の悪さに学校側は私たちが2年生に進級するにあたって、勉強ができる者とできない者とを選んでわざわざひとつのクラスにし、特別学級を作った。大阪朝高の歴史のなかでこのような学級が作られたのは、初めてのことだ。もちろん、私もそのなかの1人である。言うまでもなく、勉強のできない者とされたためである。

漢字は読めず、計算もできず、英語はまったくわからない。得意は喧嘩に強いこと。あともうひとつ、絵を描くのも上手かった。

それでも、この特別学級で努力すると、バカなりに賢くなるのだろうか。そんな淡い期待もないではなかった。

私たち2年4組は先輩たちからも可愛がられ、教室に煙草を吸いによくやってきたものだ。この組の連中は先輩にも物怖じしない、天然の自由人が多かった。とはいえ、当初は42人ほどいた学級も最後までいたのは18人くらいだろうか。

朝、学校にまっすぐに行かずに喫茶店で煙草を吸っているヤツ、パチンコ屋に行っているヤツ、雀卓を囲んでいるヤツ、ほとんどが2年4組だ。三重県から来た成達哉に至っては、暴走族の車を借りてきて朝高のまわりを無免許でぐるぐる廻っていた。この成達哉は、のちに山健組の幹部になった。いまもそうだろう。

長野の合宿ではやりたい放題だった

2年4組には女性の教師は一度も来たことがなかった。それどころか、夏休みになると、悪さをしでかさないようにと、学校は長野県での合宿をさせることにした。これといってなにか勉強するわけではない。

この頃にはすでに学級の人数は半減していた。北朝鮮に帰国した者が2人、退学が3人、自然と来なくなったのが3人、最初から学校に来なかったのが2人・・・そんな案配である。

長野での合宿の引率の先生は3人だったと記憶している。「俺らになに教えてくれんねん」と聞いても返事はない。先生も学校もなんの計画も持っていなかったのだろう。

「おまえらに朝鮮の歌を教えてやろう」

先生がそんなことを言っても、歌なんぞ憶えようとする者は誰もいない。そのうち先生も「おい、煙草持ってるやろ。1本か2本くれ」と言い出す始末だった。

合宿していた建物を出ると、流れが急な川があり、先生はこれを泳いで渡れという。みな面白がって泳ぐ泳ぐ。天然のバカである。結局、合宿中に勉強など一度もしなかった。

2年4組の担任は李圭三といい、本当に気の毒なところもあった。朝、教室で出欠を取ろうにも生徒は誰もいない。そんな状態が1か月以上も続いた。先生はよく泣きながら出席票を破って捨てていた。そんな先生に悪いと思い、明日は学校に行こうと私たちは約束し合うのだが、翌朝、学校に行かずに近くの喫茶店に顔を出すと、全員がいる。どうしようもない連中だ。

他のクラスには40人ぐらいはいたが、この4組だけは20人足らずだ。生徒がろくに来ないから補習ばかりで、まともな授業をした記憶が全くない。特別学級を編成した学校側の失敗だったとしか言いようがない。しかも、この20人足らずのうち4人はヤクザになった。

在日の教育についての金日成の談話

朝鮮学校での教育に関する北朝鮮の見解は、金日成が1960年1月の朝鮮労働党中央委員会で行った談話によく現れている。それは5つの項目からなる。

第1。在日同胞たちに、民族形式に社会主義的内容を込めた教育を施さなくてはならない。
第2。現在の在日朝鮮の教育制度をそのまま保存するようにしなければならない。
第3。在日朝鮮人教育事業において民族幹部を養成することに重点を置くようにしなければならない。
第4。学校を新たに建てたり拡張させたりしないようにしなければならない。
第5。奨学生と給費生を正しく選定しなければならない。

このうち第四を除き、残りはすべて現在まで朝鮮学校の基本的な方向性を規定している。とはいえ、70年代中頃から在日朝鮮人の定住傾向が本格化すると、日本での生活を視野に入れた教育内容へと徐々に変化するようになる。

総連の教科書改編作業が行われ、日本語教育の強化など日本で生きていくための教育内容へと変わっていった。教員の質も変わり、多様で実用を重んじる傾向が強まる。商業科のクラスも増えていく。

日本語教育が強化されたのは、朝鮮学校の卒業生は漢字の能力が乏しいとの批判が出てきたからだ。在日朝鮮人が日本で3世、4世と代を重ねていくなかで、朝鮮学校での教育は日本社会の現実と離れてしまっていると批判もあった。こうしたことが考慮されたのだ。

朝高生はガラが悪くて暴力的という風評があり、日本の学校の生徒たちは朝高生を避けて歩くこともあった。実際、私たちの周辺では喧嘩が絶えなかった。

私たちは日本社会から絶えず差別を受けていたが、それは社会だけでなく、政府や役所からもそうであった。14歳になると、外国人登録法によって指紋の押捺と顔写真の撮影を3年ごとの登録切替のたびに強制された。

日本人であれば、犯罪者でもなければ、指紋の押捺や写真の提出を求められることはないだろう。しかも、そうやって作った外国人登録証を常時携帯することを義務づけられていた。氏名や生年月日、住所のみならず、家族構成や職場など20項目にもおよぶ個人情報を登録させることで、外国人をできるだけ管理しようということだ。

朝高時代にはすでにこのような現実を肌で感じていた。現在のような個人情報の保護が厳しくなった時代には考えられないほど深刻な人権侵害である。

朝高時代の私には日本人の友人も多くいた。だが、朝鮮学校といえば、北朝鮮のいいなりになっている学校と言われることが多い。

そのため、日本人社会は私たちを異質なものと見ていたのではないか。そして同年代の学生たちは暴力的なものと見ていた。チマチョゴリに派手な学ラン。なんとも不思議な存在だったと言えよう。

確かに朝鮮学校の成立に北朝鮮の影響は少なくない。朝鮮学校で使われる教科書は朝鮮総連が運営する学友書房という出版社で編纂されているが、その内容は朝鮮学校の教員らからなる編纂メンバーを北朝鮮に派遣して、北朝鮮の専門委員らと共同で研究して決めるという。

だが、北朝鮮側の委員らは日本の実情をよく知らないため、内容を決めるにも意見が合わないという事態が少なくないそうだ。

荒れ狂う朝高生

私たち朝高のワルたちにはそんなことは関係がない。

金日成元帥は「在日朝鮮人運動は祖国のために戦わなくてはならない」「自身が主人となって愛国運動を展開しなければならない」と語ったというが、当時の朝高のワルたちは、私が知る限り、社会主義祖国よりもわが人生のことが優先順位で1番だ。

愛国運動の展開よりも、自分自身がこの日本社会の差別と弾圧のなかでどう生きるか、どう成功するかが大切だった。

とはいえ、私たちは日常の生活のなかで、北朝鮮と日本という全くかけ離れた2つの世界を意識しながら生きていた。どちらかを完全に否定することなんてとてもできない。

この矛盾を克服しようとするのではなく、矛盾とともに生きていくことを私たちは選ばざるを得なかった。この矛盾とともに学生生活を送り、悪いことも良いことも柔軟に対応するのが、日本に暮らす在日の朝高生なのだ。

私はキタやミナミで遊び回り、喧嘩を繰り返すようになっていた。当時の大阪には愚連隊が大勢いた。今で言う半グレだ。キタに梅田会、ミナミに蛇という愚連隊が存在していた。これらにも在日の若者が多数加わっていた。わかりやすく言えば、井筒和幸監督の『パッチギ！』や『ガキ帝国』の世界である。

そんなある日、阪急三国駅の近くのパチンコ屋が新装開店するとの情報が入った。三国会館というその店に近くに住む同級生らと一緒に行くことにした。商店街の中に入ると、先の方から鋭い目つきをした2人組が私をにらみつけてきた。

乱視の私は相手がどこを見ているのか分からなかったが、2人は近づくなり、「誰にメンチ切っとんねん」ときた。パチンコ屋の横に連れて行くなり、2人連れのうちの一方が、「俺は中川組の小川（仮名）や」と名乗りを挙げた。そう言われても、私は誰のことか分からない。

「聞いたことがないな」

正直にそう言い返したその瞬間、私の顔めがけて相手は殴りつけてきた。大きなフックが飛んでくる。それをかわすと、お返しに私のメガトンパンチを食らわしてやった。

その時である。ちょうどパチンコ屋の扉が開き、開店となったのだ。客がぞろぞろと入り始める。時間がない。そう思った私は、パンチの連打を放った。相手の鼻から口から血が噴き出し、そのまま倒れてしまった。

2人連れのもう1人は、棒立ちである。小川は倒れて痙攣している。その小川をさらに私は蹴り上げ、動きが止まるまで踏んづけてやった。

「キャー」

周囲にいた女の子の叫び声が聞こえ、横で見ていた小川のツレは震えていた。私はなに食わぬ顔で開店したパチンコ屋に入り、少しばかり儲けてから帰ったが、私がぶちのめした相手は中川組傘下の組の構成員。小川はその組を率いる清水康孝の若中だったのだ。

以来、私は中川組に追われる羽目となる。当時、中川組といえば、山口組のなかでも武闘派として怖れられた。だが、私はそうとは知らずに相も変わらず梅田あたりで遊んでいた。

それから1か月くらい経った頃であろうか。梅田の阪急ファイブ前の地下にあったアストロメカニクールという、今で言うところのクラブで私は仲間らと遊んでいた。遅くなり仲間らが引き揚げた後も、呉という朝高生の同級生と残っていると、5、6人の男たちが近づいてきた。

「あいつや!」

男たちはそう大声を上げた。かわそうとしたが、阪急ファイブの入り口で囲まれてしまった。身動きが取れない状況に追い込まれたところで、貫禄がありそうなヤツが私に向かって「おい、中川組を知っとるか」と聞いてきた。

だが、当時の私は本当に知らない。

「知らん。聞いたこともないわ」

そう答えるなり、体格のがっちりしたヤツが私に殴りかかってきた。右のストレートパンチだ。スピードがある。避けきれず、私の口にあたる。前歯はもうぐらぐらだ。相手の右手も私の歯で切ったのだろう、出血していた。

私は阪急ファイブのなかにある便所に連れて行かれ、代わる代わる私を殴る。無意識のうちに私は反撃をしていたが、呉がそれを止めに入った。

「朴泰弘、やめとけ！」

呉は中川組の怖さをよく知っていたようだ。ならばと、私たちは脱兎のごとく逃げ出した。

それから数週間が経ち、もうほとぼりが醒めただろうと思っていた。呉と2人で北新地にあったレボリューションという穴場のディスコにナンパに出かけた時のことである。

とんでもない恐ろしい雰囲気の一団が店に入ってきた。まさかと思ったが、中川組の幹部らと小川だったのだ。さらにキタを縄張りとする愚連隊・梅田会の会長までいる。

「もうあかん」

そう思っていると、幹部の1人が呉を見つけるなり呼びつけた。

「クニ、なにしとんねん」

呉は下の名前を邦秀といい、周囲からは「クニ」と呼ばれていた。その幹部は呉と身内だったのだ。

ともあれ、私も呼ばれた。小川は私をにらみつけると、一団のトップであるヤクザに私との喧嘩の一件を喋りだした。そのトップが清水康孝であった。当時、大阪のヤクザ社会で売り出し中の男だ。いよいよ私の身も危ない。

ここで機転を利かしてくれたのが、呉の身内のだ。

「こいつら朝高生ですわ。わしらの身内みたいなもんですわ」

すると、清水は大きな声でこう言った。

「朝高か！サンペンやったら喧嘩すんのはしゃあないなー。小川、おまえ辛抱して仲良うやったれ。相手はカタギの学生やぞ」

すごい器の人である。やっぱり本ちゃんのヤクザは迫力が違う。その後、小川とは酒を飲んで仲良くなった。

「おまえ、名前はなんや！」「朴泰弘いいますねん」

そんな流れで時々、キタやミナミで会うようになり、周囲のみんなも私にひと目置くようになった。その当時、私の仲間はすでに30人を超え、あちこちで片っ端から愚連隊やヤクザとトラブルを起こしており、まさに恐いもの知らずであった。

一方、小川はその後、見かけなくなる。噂によると、シャブでパクられたということだ。悪ガキや朝高生の間ではシャブも流行していたのだ。

朝高を目の敵にした商大

東京では国士舘大学と東京朝高の間の喧嘩が絶えなかったが、私が朝高2年生の頃にそれが大阪にまで飛び火してきた。東大阪の八戸ノ里駅に近い大阪商大が大阪朝高にターゲットを絞り喧嘩を売ってくるようになったのだ。

そうは言っても、朝高は無類の喧嘩の強さを誇る。商大生の一部は勝てもしないのに、右翼的な先生にハッパをかけられたか、どんどんエスカレートするようになった。もともと大学生と高校生だ。どう考えても大学生のほうが強いはずである。

しかし、私たちの仲間である一部の朝高生はわけが違う。カバンの中には武器が入っている。教科書なんてあるわけがない。おまけになにをしでかすか分からない。

私が朝高の3年生になっても喧嘩は続いていたが、結局、勝つのは私たちである。難波駅で相手をボコボコにしたところ、血が噴き出して止まらなくなることがあった。

それだけではない。三国に住んでいた朝高生の新井こと朴性基は電車に乗っていたところ商大生と鉢合わせとなり鉄の鋭利なもので相手の顔を傷つけてしまった。これが大きな問題に発展してしまうのだ。乗客が警察に通報したばかりか、あくる日には商大の学ランを着た連中が50〜60人も朝高に殴り込みに来たのだ。

当たり前のことだ。黙っているわけがない。商大にもメンツがあるのだ。私はその日は学校を休んで豚小屋で仕事をさせられていたので知らなかったが、学校側がなんとか話をつけて商大生を帰らせたらしい。

翌日に学校に行きその話を聞いた私は数を集めて報復に出ようとしたが、先生たちからこのことは示談することになっている、これ以上学校に迷惑をかけるなと説得された。了解するより他ない。

こんな調子の日々を振り返ると、朝鮮学校と日本の学校にいったいどんな違いがあるというのだろう。それでも日本の高校を経て大学を卒業すると、一流企業や公務員への道が開ける。朝鮮学校卒業では、一流企業はおろか公務員にもなれない。

さらに付け加えて、大阪の朝高や朝鮮学校の卒業生の中にはヤクザと関係する者も多い。例えば、電車内で事件を起こした新井の父親は、柳川組二代目の谷川康太郎さんの兄弟分だった人で、柳川組の関係者のようなものだ。

喧嘩の強さは親譲りで、喧嘩に対する考え方が違う。その他にも山口組との間で激しい抗争事件を起こした明友会の元幹部の息子や、山口組傘下の大原組、一心会、小田秀組などの身内がたくさんいた。

在日が生きていくためにはヤクザとのつながりはどうしても不可分だった。社会に出たとしてもヤクザとの接点は切れない。良い悪いは別にして、これがわれわれを取り巻いていた差別ゆえのものなのである。

酒とバラの日々

当時の在日社会は、金大中事件の影響を受けて大きく動揺していた。民団のなかでも、金大中を支持し韓国の民主化を求める若手らは、韓青同を結成して民団主流派と対立していた。その闘いぶりをみて朝鮮総連は、韓青同に対して総連傘下の朝鮮青年同盟との連帯を呼びかけたが、韓青同は金日成を支持する総連とは一線を画していた。

西淀川の喫茶店に朝高の友人の呉が私を呼び出した。少年アウトローの世界では強者が集まることで知られた奈良少年院で番長だった三谷哲夫を紹介したいというのだ。三谷は当時19歳。少年院帰りであった。キタやミナミのごんたの間ではすでに名前が売れていた。

朝高の番長であった私と彼は、同胞同士だ。すぐに意気投合して梅田やミナミで遊ぶようになった。三谷は女好きで、朝高の女に憧れがあったらしい。もちろん、朝高の女は可愛い。だが、ガードは固い。ミナミのヤクザの中にも朝高の女を狙った者はたくさんいたが、歯が立たなかった。

そんななか、朝高の女を誘ってミナミのサパークラブ「青い城」に遊びに行った時のことである。青い城と言えば、山口組の大阪制覇のきっかけとなった明友会事件の舞台となったかの有名な店である。

三谷はその日、極道ズボンに派手なカッターシャツというスタイル。女の子にモテるわけがない。顔は「顔面登録証」である。それでも私は三谷のために朝高の女の子に声をかけてやり、呉も交えて6人ぐらいで楽しく踊り飲んでいた。

三谷も私も有頂天になっていた。

そこへ20人ぐらいの男たちの群れが入ってきた。ちょうど私たちの席の奥に座ると、嫌な雰囲気が漂ってくる。これは喧嘩になるな、そう直感するや否や、1人が私に喧嘩を売ってきた。

「おまえら、どこから来てんねん！」

池田からだと適当にあしらおうとしたが、これは危ないと思い、まず女の子たちを帰らせた。

私の勘は的中した。フィリピンバンドの演奏を楽しんでいた私と呉が振り返ると、数人が三谷を取り囲んでいる。それでも三谷はどっしりと座ってビールを飲んでいる。流石に根性が座っているヤツだ。

そこへヤツらの1人がビールの入ったコップを押し付けてきた。三谷はそれを奪うと、中身のビールをそいつの顔にぶっかけた。

さあ、大変だ。5、6人が一斉に立ち上がり、三谷に飛びかかってきた。私もすぐさま三谷のもとに駆け寄り、2人して相手5、6人をそのまま殴り倒した。

すると、後ろから10人くらいがビール瓶やグラスをこちらに投げつけてくる。私は椅子を持ち上げてそれを防御すると、また別の方向から襲いかかってくる。三谷はどうなっているかと横を見ると、ウィスキーやビールの瓶で袋叩きにされている。

その三谷の加勢に入るうちに、もう誰が誰やら分からなくなるほどの混乱状態となった。店のマスターが止めに入るが、私の前に現れたものだから、思わず私のパンチに当たり、目の上から血が吹き出してしまう。

しまった。そう思って棒立ちになった瞬間、ヤツらのうち一人が割れたガラスを持って刺しにきた。刺された私は血まみれとなりながらも、まだ暴れまわっていると、三谷が叫んだ。

「おまえら、いったい何人おるんや。ちょっと待たんかい！」

すると、その一言で連中も少しは静かになった。相手は私たち2人がいくら殴られても倒れずに向かってくるので恐ろしくなったようだ。

バンドの演奏が止まり、他の客は全て帰ってしまっていた。それでも女の子2人が私に駆け寄ってきてくれた。朝高の先輩だ。血だらけの私の顔にバンドエイドを貼ってくれたのを憶えている。

相手は勝ったと思ったのか、私に向かって「おまえら、どこのもんや」と聞いてくる。「大阪朝高の朴泰弘や」と大声で答えると、相手の中には私の名前を知っているのもいるようだった。

三谷が「誰か話できるもん出てこいや」と声をかけると、多少は貫禄あるやつが出てきた。誠会の坂田（仮名）である。のちに五代目山口組の直参となる男だ。

「自分らええ根性しとるな」

私の顔を見てそういった。

私は血が止まらないので、ミナミの原田病院で治療してもらってから、誠会の事務所に向かった。喧嘩のいきさつを知る坂田は自分たちが悪いことを認め、この喧嘩に誠会は口を出さないと言い切った。当たり前だ。こんな卑怯な喧嘩、組長にバレたら、坂田はどやしつけられるだろう。

坂田以外の他の連中を私は探し出して報復に出ることにした。するとこの連中はミナミの蛇会を私に向かってけしかけてきた。愚連隊の蛇会は今でいう半グレ。在日韓国人がたくさんいた。

どうしたらいいいか、私と三谷は中西組の山田司栄に相談した。その山田の兄貴分にあたる中西組若頭補佐の竹本が間に入り金で決着をつけるようということになった。私に治療費を払うというのである。

私の傷が金にされてしまった。ヤクザのすることはみな同じだ。この手打ちに私は納得せず、1円も受け取ろうとせずにいると、ミナミに出てくるなと言われてしまう。

なお、三谷はその後、山健組とトラブルを起こし、山田のもとへ行く。山田は西九条に事務所を構えて山田組を名乗り、のちに南生会と名前を改めた。三谷はこの南生会の若頭となった。そうこうするうちに、三谷は行方がわからなくなってしまう。

私はと言えば、その後もとどまることなく、浪商や大商その他いろんな学校に殴り込みをかけた。と言っても、学校まで行くまでもなく、私の名前を聞くだけで逃げて行くことも多かった。阪急沿線や環状線、近鉄線などあらゆるところで片っ端からトラブルを起こし、暴走族からヤクザと揉めたことも一度ならずであった。

箕面での暴走族との戦い

1975年の夏のことだ。大阪では暴走族が群雄割拠していた。阪神連合をはじめ生野連合、河内連合、日韓連合と、あらゆるところで大小の暴走族が結成されていた。

そんな頃に庄内に住む甲村ら暴走族の悪ガキに箕面の山で対立する暴走族をやっつけてほしいと頼まれた。その数日後に甲村のバイクの後部座席に座り、箕面の山の広場に向かうと、すでに仲間たちが集まっている。

そこへ3台くらいの車に分乗してやってきたのは、25歳くらいの男たちだ。5、6人くらいだっただろうか。こちら側は10人くらいいたはずなのだが、喧嘩を始める前からいわされてしまっていた。

相手側のリーダー格のやつが私に向かって吠えた。

「おまえも仲間か。誰に向かってもの言うとんのや!」

私は暴走族が嫌いだ。こちらに来たリーダー格

若い頃は格好いい車に憧れた

を竹の棒で殴りつけると、木刀を手にした。1人1人、ぱたぱたと倒れていったことを憶えている。

まず、私はリーダー格の頭を木刀でぶん殴った。するとリーダー格はそのままぶっ倒れてしまった。すると、遠巻きに見るだけだったこちら側の連中も暴れだした。

車を潰してしまうと、相手側の男たちが連れて来た女2人が山の中に逃げた。彼女らが呼んだのだろうか。パトカーのサイレンがこちらに近づいてくる音がする。

私は甲村とバイクに乗り、山を下った。幸いにして逃げ切ることができた。事件にこそならなかったが、死人が出てもおかしくないような喧嘩だった。

他の暴走族のうち河内連合はリーダーの西原が朝高時代、私とトップ争いをした相手だ。生野連合リーダーの田中はのちに山健組の幹部となったが、私は田中の息子を預かったこともある。日韓連合はすべて在日からなる暴走族だった

この時代の暴走族の中にも差別と貧困から這い上がろうとする在日の姿が見える。善悪は別としてワルなりにがむしゃらに生きようと突っ走る者もいたのである。

激動の朝鮮半島

1972年4月15日は金日成元帥の60歳の誕生日だ。盛大に祝うため朝鮮総連の中央大会が開かれた。私もこの時期に自転車パレードに参加した記憶がある。この60歳の誕生日の時の盛り上がりは一生忘れることができないくらいインパクトが強い。

朝鮮総連においては北朝鮮の建国記念日の9月9日、労働党創建記念日の10月10日などの祝日がある。これに金日成の息子の金正日の誕生日2月16日も加わることになるが、私の頭の中にはこの日は記憶にない。なぜなら一番嫌いな人物の誕生日だからだ。

73年に入ると、北朝鮮代表団の訪日が増えるようになる。平壌芸術団、万寿台芸術団、サッカー代表団など様々だ。芸術や文化の交流とはビザが下りやすかったからだ。

そんな最中のことである。74年8月15日、朝鮮民族にとっては日本の植民地支配から解放された光復節にあたるこの日、在日韓国人の文世光がソウルの国立劇場で開かれた光復節の記念式典で朴正煕大統領を狙った狙撃事件を起こす。

いわゆる文世光事件である。朴正煕は演壇のかげに身をかわして無事だったが、大統領夫人の陸英修が銃弾を受けて死亡した。

その場で大統領警護室の警護官に取り押さえられた文世光は、朝鮮総連の包摂を受けたと供述し、ソウル地裁で死刑判決を受けると、その年の12月10日には執行されてしまう。事件は総連、さらには北朝鮮の指令に従ったとされたが、今なお不可解な部分は多い。

民族意識に目覚め、独裁政権を憎みながら極限を生きる在日二世を象徴するような文世光が起こしたこの事件が在日社会に投じた波紋は決して小さくなかった。

さらに、この70年代から80年代にかけて「母国留学」などの形で韓国に渡り、民主化運動に身を投じた在日青年も少なくない。71年には徐勝・徐俊植の兄弟はソウル大学留学中に国家保安法違反容疑でＫＣＩＡに逮捕された。北朝鮮のスパイとして学内で浸透工作をしていたとされたのだ。

取調中に拷問を受けた徐勝は自殺を図って顔に大やけどを負い、その姿で公判に現れた。この事件もまた在日社会に大きな衝撃を与え、私も徐兄弟の逮捕と拷問に対してはＫＣＩＡや韓国軍部に憤りを覚えたものだ。

その後、80年代の全斗煥ら新軍部政権に至るまで在日青年がスパイとして逮捕される事件が続き、その数は１００人あまりにおよぶ。その大半は韓国の民主化後にあらためて無実とされたが、そんな時代を私たちは生き抜いてきたのである。

韓国で青年たちが民主化運動のために立ち上がり、命がけで独裁政権と戦っている最中、私たちの大阪朝高は相変わらず荒れていた。

祖国のために尽くすはずが、ヤクザ養成学校と言われる始末である。私は大阪じゅうで暴れ回り、朝高の朴泰弘と言えば、愚連隊にも名が知られていた。

朝高に入学すると、青年同盟に加入し金日成将軍の忠実な戦士として自己批判と相互批判と称して総括が行われ、思想闘争に明け暮れなくてはならなかったが、私はそんな馬鹿馬鹿しいことに関われるかと参加しなかった。

私たちワルの仲間たちのなかには、身内や親が明友会や柳川組にいたヤツが大勢いて、学校や総連よりもやはり親の影響を強く受けるのが当然である。

とはいえ、南北の激しい対立のあおりを受けて、在日社会でも総連と民団も対立を激化していた時代のこと。私たち悪ガキにも影響を及ぼしていた。

私は久しぶりに北大阪朝鮮中級学校時代の朴訓という友人と、そして朝高の友人の呉と天満の「館」という喫茶店でコーヒーを飲んでいた。

すると、朴訓は天六（天神橋筋六丁目）に文野という浪商のヤツがいるという話をした。なんでもそいつは、朝高の一級上で番長だった康聖国とどっちが強いか分からないほど強いという。しかも、朴訓はその文野を殴ってやると言うではないか。到底、朴訓に勝てる相手ではない。

そこに3人組が入ってきた。なんとその1人は浪商の文野だった。天満の「館」は不良学生のたまり場だったのだ。がっちりした体格の文野は、身長182センチくらいはあっただろうか。いかにも強そうである。連れの2人もでかかった。

しかも、その文野たちが私たちに喧嘩を売ってきた。手間が省けたとはこれを言う。

「おまえら、朝高か！」

大阪朝高も舐められたものである。朴訓はすぐさま「表に出んかい！」と怒鳴り返した。文野は私たちにガンを切ると、表に出た。

天六商店街の四つ角で文野は私に右ストレートをいきなり入れてきた。私はそのパンチを素早くかわしたが、周囲を見渡すと朴訓や呉も文野の連れの2人にぶっ飛ばされたかのようになって怯んでいた。喧嘩慣れしている。私は相手のことをすぐに理解した。

その一瞬の隙に2発目のパンチが来た。そのパンチを再びかわすと、文野は左右のパンチを連続で放ってきた。スピードはないが、重そうなパンチ。1発でも食らうとさすがの私でも倒れてしまうだろう。

パンチを必死でかわしながら、距離を詰める。そして、右のストレートを合わせたら、ヒットした。相手は少し下を向いて怯んでいる。その頭めがけて強烈なストレートをぶち込んだ。

それでも文野は素早く立ち上がり、私の両手を掴もうとする。すばやくパッチギを入れようとすると、向こうも頭をぶつけてきた。さすがに強い。そう思った。

だが、私の頭は半端な堅さではない。石頭だ。小さい頃から何度もコンクリートに頭をぶつけてきた。私が何度もパッチギを入れているうちに、文野は膝をつき、倒れかけた。

そこへ警察が駆けつけてきた。誰が通報したのか知らないが、私たち3人は道路に出て梅田まで走って逃げた。逃げ足は天下一品。陸上部より早い。喧嘩してもどうせ捕まるのは、朝鮮人だけだ。逃げるが勝ちである。

ただ、朴泰弘が文野に勝ったという噂はあっという間に広がった。のちに文野とは仲良くなった。

文世光事件の余波

文世光事件が起きると、民団や日本の右翼は猛反発した。連日のように朝鮮総連の関係施設に押しかけてきて抗議活動を繰り広げる。

私たち朝高生はバリケード作りに駆り出された。親の許可もなくそんな危ない目に遭わされるなんて無茶苦茶だと言われても仕方がない。

幸いにしてトラブルは起きなかったが、もし喧嘩となってパクられでもすると、私たちは前科者となってしまう。学生を守るべき学校が生徒を前科者にするつもりだったのか。考えてみると、ゾッとする。

さらにこの大変な時期に北朝鮮の帰国船である万景峰が大阪港に入港することになった。総連や北朝鮮への帰国者の家族や身内は大喜びで賑わったが、反共を掲げる右翼団体が黙っていないのは言うまでもない。

全国から右翼が大阪港に集結し、街宣車は100台以上に上った。大阪府警は衝突を恐れて数百人もの機動隊を配置した。

われわれ大阪朝高の3年生も総連に動員されることになった。埠頭まではバスで入ったが、カムフラージュのためバスの名前は「大阪デザイナースクール」だ。総連の護衛担当の指示に従い、警備をする。右翼団体は大きなスピーカーで叫んでいた。

「おまえら朝鮮人は朝鮮に帰れ！日本人を何人殺した！」

何人かは日本刀や木刀を持って機動隊の警備を突破しようとして取り押さえられていた。なかには裏をかいて海側から迫る者もいて、警備に駆り出された朝高生が負傷する事態となった。在日朝鮮人に対する差別という実態を見せつけられた思いがした。

あれから45年が経った今でも右翼団体による嫌がらせがあり、在日に対するヘイトスピーチという人権侵害がある。在特会による暴力行為まである。

このような剥き出しの差別を受けることでかえって総連に賛同する者が増える。あるいは、力に頼って生きていこうと差別のないヤクザ社会に入る者もいる。

では、私はどうか。私は朝鮮青年同盟の組織部長だった金政光の説得を受けていた。

「組織のために活動せんか」

文世光事件以来、総連に対して弾圧や嫌がらせが強まるようになり、若くて腕が立ち、命を張ることができる青年を求めていたのだ。

金政光は口調こそ柔らかいが説得力がある。私はまんまと嵌ってしまった。総連豊能支部によく出入りしていたこともあり、自分の家のように身近に感じていた私は組織に入ることを決めた。

それには、金大中事件や文世光事件によって民族意識や組織に対する忠誠心のようなものに目覚めるようになっていたことも大きく影響していた。

第3章
委員長のボディーガード

ボディーガードとしての作法

韓国大統領の朴正熙は文世光事件では狙撃から免れたが、５年後にＫＣＩＡ部長の金載圭によって射殺されてしまう。その後、崔圭夏が大統領となるも、軍人の全斗煥がクーデターで実権を握り、再び軍事独裁政権となる。

朴正熙政権の時代は「漢江の奇跡」と呼ばれる経済成長路線を採り、日韓基本条約の締結によって引き出した日本からの借款もあって韓国は世界最貧国から脱したと評価される。

１９１７年に慶尚北道に生まれ、満州軍官学校を卒業し、日本の陸軍士官学校でも学んだ朴正熙は、政権を握るとアメリカによるベトナム戦争を支持して反共路線を強く打ち出し、日本とも連携を強める一方で、北朝鮮の金日成とも秘密裏に交渉を行い、72年には南北共同宣言を発表した。

朴正熙の功績は大である。しかし、軍事独裁という負の側面も決して無視することはできない。

文世光事件以降、民団系の政治団体や右翼団体から総連事務所への弾圧や嫌がらせ、さらには暴力行為まで行われていた。

私が朝鮮総連大阪府本部に入ったのはそんな緊迫した情勢のときである。

まず総務部に配属された。毎日、雑用係である。ペンキ塗りや掃除をしていた。そんな最中に総連生野西支部や同胞が経営する店舗に対する襲撃事件などが起きると、府本部の申相大委員長は記者会見を開いた。

「日本当局は事件に対して責任を取り、総連と在日同胞を擁護しなくてはならない」

そう言明したのだ。

申相大委員長は東京朝高校出身で、朝鮮学校の教科書を制作する学友書房にいたこともあり、頭の切れる人だった。総連中央の議長である韓徳銖の期待を背に大阪府本部に派遣された。

その申相大の護衛をするよう上司から言われた。一般的に言うところのボディーガードである。組織部に配属が変わり、先輩の護衛から徹底的に叩き込まれた。礼儀作法、言葉遣い、服装、食事作法、目の使い方、車の乗り降りの手順、髪型…。ありとあらゆることを教わった。護衛にあたる時は首を動かしてもならない。キョロキョロしていると委員長が心配するからである。

「誰かつけて来ているか？」

そう委員長から尋ねられると、

「いえ、つけていません」

決まってそう返すようにしていた。

委員長の自宅から会館まで毎朝、毎晩、送り迎えした。朝6時半に自宅に行くと、委員長の奥さんが朝食を用意してくれている。お茶碗1杯だけ頂くと、その茶碗にお茶を入れて飲む。そうすると、あとで洗いやすくなる。

この習慣はすっかり身につき、今でも自然とそうしている。朝食を済ませると、委員長の靴を磨いて玄関に並べておき出発まで待機する。

委員長がどこに住んでいるのか、誰と会ったのか、どこに行ったのか、一切口外しないのが決まりだ。組織の上司にも教えるなと言われていた。18歳かそこらの私がそんな態度を取るものだから、「このガキ」と思われたかも知れない。だが、総連の中にあって総連でないのが護衛を担当する私たちだ。

私は委員長が乗るトヨタのセンチュリーに同乗して様々な場所にお伴した。車には警察無線を傍受する無線機も備え付けられていた。そうやって毎日お供するうちに、申相大という人物にどんどん惹かれていく気持ちを覚えた。

委員長は厳しい人だったが、大阪の総連組織を大きくしたのは、この人の功績である。委員長の下に副委員長が5人ほどいたが、その力の差は歴然としている。委員長室に副委員長のひとりを呼びつけて大声で怒鳴りつけることもあった。

当時の私にとって相手はあまりに大きな存在で、私が委員長になにかを話しかけるなんてとてもできなかった。

委員長からは「なぜ君はなにも話さないんだ?」と聞かれたこともあったが、緊張感とボディーガードとしての職責を守ることに精一杯で、なにか喋れと言われてもどうしようもできない。そもそも私にはなんの話題もない。喧嘩の話?それともシンナーの話?そうでなければ女の話か。できるはずがない。

委員長が演説をする前には必ずのど薬の「クララ」を渡さなくてはならない。のどがスーッとするようで、委員長は必ず服用していた。

委員長の訪問先は今ならもう明かしてもいいだろう。

黒田知事に会いに府庁に行ったこともあれば、在日の商工人の大物との食事会もある。社会党府本部、中国総領事館、日教組や朝銀大阪信用組合……。東京の総連中央から幹部が来るとそれに会い、寄付を集めるために商工人と飲まなくてはならない。

朝昼晩関係なく委員長がフル回転で働くから、同行する私はふらふらになる。寝不足と気疲れで私は7キロも痩せた。食べ物には不自由しないが、どこに入ったかもわからない。

それでも私の給料は1か月に5万円であった。その5万円すら3か月も出ないことがある。支部の委員長クラスでも給料が出ないこともあった。そういう時は同胞の家に行き、食事をご馳走になったり、酒を飲ませてもらったりした。

「変わってしまったね」

委員長が出張から新幹線で戻るときは新大阪の駅まで迎えに行く。その時はＶＩＰ用の特別出口を開けさせていた。万が一、特別出口を利用できない時は、他の客の行き来を止めさせた。護衛する立場からすれば、ヤクザだろうが誰だろうが行き来はさせない。そんな心構えだった。

総連府本部に電話が入った。中相大委員長を殺害するとの脅迫だった。私は委員長の自宅に泊まり込み警戒にあたった。一睡もできない。護衛する立場としては当たり前である。それでも委員長は次の日、私に「休みなさい」と優しく言ってくれた。

私は嬉しくなり、当時、1年ほどつき合っていた彼女と約束してデートに向かった。委員長が乗る黒のセンチュリーで待ち合わせ場所まで送ってもらった。格好は黒のスーツ姿である。

彼女とは長く会っていなかった。会えなかったというのが実際のところだろうか。ボディーガードをするようになって以来、いつも誰かにつけられているような気がしていた。彼女に迷惑がかかるかも知れない。そうも思っていたのだ。

久しぶりに会う彼女は、私を見るなり、「変わってしまったね」と言う。

「どこで何の仕事をしているの？」

そう聞いてきたが、私は答えることができなかった。彼女とはそれっきり別れることになったが、悲しんでいる暇などなかった。

委員長が梅田の会席料理店で商工人と食事をすることになった。私とドライバーをやっていた先輩の姜政行が店のカウンターで待機している。

商工人の会長は「君らも食べなさない」と勧めてくれたが、巻き寿司などを少しばかり口にして、あとは静かに待機するのが鉄則である。委員長と会長は食事の後は今里新地のコリアンクラブへとハシゴすることになった。

その間、姜先輩は車を総連の府本部に回し、そこで待機することとし、私だけが同行した。私たちは待つのが仕事。3時間くらい経ってから私は姜先輩に電話してセンチュリーをクラブに横づけしてもらった。

出てきた委員長はかなり酔っている。後部座席のドアを開け車に乗せた。やれやれ。すると、後ろからゲンコツが飛んできた。

「なぜ車を呼んだ！同胞がいたらどうするんだ」

そんなことを言われても……。委員長は知らないだろう。私のポケットの中には10円玉しか入っていないということを。いまのような携帯電話もない時代のことだ。誰かに金を持ってきてもらうわけにもいかない。交際費は月3万円あるが、全部、姜先輩が管理している。

実際のところ、私にはジュースを買う金もなかったのだ。センチュリーを呼ぶより他に私には委員長を自宅まで送り届ける方法もなかった。

しかし、ボディーガードとして私はいつでも死ぬ覚悟ができていた。中相大委員長は酔うと常々呟いていた。

「こんなことをしたら、総連が潰れてしまうぞ。そんなことになったら朝鮮学校の子供たちが可哀想だ」

中相大委員長は北朝鮮に行くたびに、「こんな教育ではダメだ」と朝鮮学校の運営のあり方について向こうの当局者と喧嘩をしていたと聞く。誰よりも同胞のことを、そして組織のことを憂えていたのだろう。

朝鮮総連の活動において大阪は特別な場所である。

日本で最も同胞が多く、東京とは違う。商工人も現実的なものの考え方をする。協定永住権が認められて以来、韓国籍を取る者も増え、商工人の中にはヤクザとつながりを持つ者も多い。綺麗ごとだけでは組織運営は容易ではない。

委員長は身を粉にして組織のために働いていた。ぼろぼろになるまで組織に身を捧げた偉大な人物だったと言える。朝鮮学校問題、朝銀問題を抱える中で、総連の支部や分会に至るまで訪問して給料の少ない活動家らを励まして回った。

中相大の次に府本部の委員長となった李マルサンは各地で地上げをするようになる。それは総連中央の財政委員会の方針であった。

例えば、地下鉄御堂筋線の江坂駅から近いオフィスビル兼マンションの入居者を立ち退かせるという地上げでは、およそ60億円をかけて40億円もの利益をあげたと言われる。これらの資金の出どころは総連の保有する朝鮮学校など同胞の共有の資産を担保に入れて朝銀などの金融機関から引き出した融資である。のちに朝銀破綻の際に国会での審議で、こうした方法で受けた融資額は合計で約885億円にも上ることが明らかになったが、まだこの他にも表面化することがなかった担保物件や借入金があるともささやかれている。

なお、なぜ総連が地上げなのかと疑問に思うかも知れないが、総連には地上げを行ういくつかの条件が揃っていた。ひとつは地上げに必要な資金は朝銀から調達すればよく、さらには地上げの実働部隊となる不動産業者が在日は少なからずいたからだ。

在日同胞の権利擁護のための組織であったはずの総連が性格を変えてしまうのは当然の成り行きだった。

それだけに中相大が委員長であった時代は、私には大切なものだったと映る。中相大委員長に同行して護衛をすることができたことは今でも誇りだ。

本国からの代表団

私が申相大委員長のボディーガードをしていた頃は、北朝鮮から文化交流を目的に様々な代表団が来るようになった。平壌芸術団や少年芸術団、サッカーの代表団などだ。

なかでも朝鮮科学文化代表団が大阪に来ることになった際には、新しい護衛部隊を構成することになり、私も参加した。ほとんどは東京と大阪でボディーガードをやっていた者で構成された。

代表団は韓徳珠議長とともに東京を出発すると、京都の都ホテルを経由して大阪の総連本部を訪れ、さらに大阪朝高を訪問する日程となっていた。スケジュールが決まっても知っているのは私たちだけ。韓徳珠議長には4名のボディーガードがつき、ぴったりと離れることなく厳しいガードをしていた。

私たち数人は先行隊となり京都の都ホテルに向かい、議長らが泊まる部屋を隅々まで調べる。盗聴器やカメラが仕掛けられていないかチェックするためである。また、京都から大阪まで昼間に移動することを想定して、途中のコースを点検する。もちろん、公安も私たちの動きをマークするため尾行している。

いよいよ議長や代表団一行が訪問する当日である。

議長が乗るベンツは防弾仕様で、後ろの席の窓ガラスが分厚く開けることもできない。その後ろを行く代表団は別のクラウンに乗っていた。黒塗りの車が5、6台も続いて走るのだ。その後ろを私たちが乗る護衛車が行く。さらにその後ろが覆面パトカーで、もうひとつ後ろは大阪府警のパトカーだ。テレビで見るような大層な光景である。

右翼や韓国の情報機関が事故を装い、ダンプやトラックで突っ込んでくる可能性だってある。そうなれば、ガードする者にとって命がけの仕事である。

議長や代表団が訪れる先で、私は怪しい人がいればそれを捕まえて、議長らが出発してから放してあげる。私たちもすぐに消えるが、捕まえられた人にとって何が起きたのか分からないかも知れない。

スケジュールは計画通りにいき、大阪での宿泊先だった箕面の観光ホテルに着いた。議長の部屋の両隣および向かいの部屋は貸切にして、ボディーガードたちは1晩中、ドアを少しだけ開けて廊下を行き交う人たちを監視する。

この箕面のホテルでは、韓徳珠とすれ違った際に私の身体が大きいので目立ったのか、声をかけられた。

「この子はいったい誰だ?」

随行する秘書がすかさず「護衛する者です」と説明した。それだけのことだ。在日の輝ける

代表団メンバーにはベンツが用意された

星とまで言われた韓徳珠だったが、私には普通のおっちゃんに見えた。強いカリスマ性も特に感じられなかった。

大阪では大阪外国語大学や甲南大学などで日朝学術交流会が開かれ、議長が挨拶をした。そこには、李季白副議長も同行した。その後、大阪市立大学を訪問し、教授らと懇談した。さらに大阪府知事のもとにも挨拶に行き、さらに神戸へと移動した。

一行が会議に出たり、要人と会ったりしている間は、私たちは車の中で待機する。実際、ボディーガードの仕事の大半は待機することだ。

北朝鮮からの代表団には大物工作員が密かに紛れ込んでいることが多い。代表団には指導員という肩書きの者がいるが、この中に朝鮮労働党の3号庁舎から派遣されてくる工作員がいるのだ。

3号庁舎とは、労働党の工作機関の本拠だ。ここに所属している工作員は北朝鮮国内で最も優れた頭脳と身体能力を兼ね備えたスーパーエリートだ。「学習組」を利用して総連をコントロールしているとも言われ、あらゆる非合法活動に手を染めることもある。

覚醒剤の密輸

尹（仮名）は大阪朝高時代の同級生で、サッカー部に所属する真面目なヤツだった。卒業後は朝銀に就職し、在日朝鮮人として普通の生活をしていた。

私は彼の母親と北朝鮮への短期訪問団で同じメンバーとなり、息子の話で盛り上がり仲良くなった。彼女は西淀川の女性同盟のメンバーでもあり、娘は北朝鮮と貿易を行う商社に勤めていた。

その尹は朝銀を退職して在日朝鮮人が経営する総連系の旅行会社に勤めるようになる。彼の姉が私の職場の同僚と結婚したこともあり、家族ぐるみのつきあいをしていた時期もある。

しかし、尹は逮捕された。北朝鮮からの貨物船で覚醒剤を密輸したのだ。誰もがまさかと思った。押収された覚醒剤の末端価格は、当時としては過去最高額だった。彼は10年の懲役を打たれてしまう。

彼が刑務所から出所してからのことだ。私が電話すると、「俺と会ったら、公安に目をつけられるで」という。「心配するな。俺も目をつけてられるから」と返して彼と会うことにした。

川西の私の店で会い、スナックに飲みに行っていろいろと話を聞いてみた。

「10年も刑務所に入り、出てきたら、家族はバラバラやし、誰も俺のことを信用せんようになった。自分という人間はもういないかのようや」

彼がそう嘆くのを聞き、「こんなに真面目なヤツがいったいなぜなのか」と思わざるを得なかった。

おそらく彼は工作員にハメられたのだろう。有名な3号庁舎に違いない。真面目な彼は利用された。捕まったとしても、彼なら本当のことをうたうこともないからだ。そもそも相手の名前すら聞かされていないだろう。知らないことはうたいようがない。覚醒剤の密輸ではしばしばこうした手口が使われる。

こんな形で総連傘下の貿易会社や旅行会社は北朝鮮の工作員に利用されることもある。

1970年代に私がボディーガードをしていた頃から日本に来ることが増えた工作員たちが行なっていた活動になんの意味があったのか。これから明らかになっていくだろう。

ボディーガードをしていた期間は1年ほどで終わる。東京にいたはずの長姉が総連府本部に現れ、私を辞めさせて欲しいと掛け合ったのだ。

漢字も読めない、書けない私に勉強をさせたいと思ったようである。姉は昔からはっきりものを言う女性だった。

私は内心、喜んでいた。給料の遅配や不払いで現金をほとんど持たない状態での生活が続いたからだ。それから2か月後に辞めることで話がついた。

ボディーガードを辞めてからもちょくちょく手伝いに狩り出される事があった。組織への忠誠心も自然と培われていく。特にそういう教育を受けたわけではない。不思議なものだ。

もし仮にどこそこの組長を殺して来いと言われたら、きっと行ったことだろう。その点では朝鮮学校に行ったことで、自然とマインドコントロールされていたのかも知れない。

ただ、朝高時代にあれだけ荒れていた私のことだ。総連に入らなければ、ヤクザに入っていたかも知れない。当時の在日の若いのは、金田組や章友会などの旧柳川組に入ることが多かった。同じ同胞の組だと思っていたからだ。

ボディーガードをすることで自然と身についたことがある。

人と会っていて相手がタバコを吸おうとすると、自然とライターを差し出すようになった。それから無理難題を押しつけられても無碍にはせず、丁重に断る癖もついた。私はしっかりと躾を受けたわけだ。

東京での学生生活

ボディガードを辞めると、私は東京に出た。大阪はワル仲間が多すぎて、一度離れたほうが良いだろうと思ったからである。

東京では四谷三丁目にあったモランボン調理師学校に入った。総連系大物商工人であるサクラグループの全演植がオーナーの学校である。姉の夫が全演植と親しく、願書を提出するなどの手続きをするまでもなく入ることができた。

住まいは小平の朝鮮大学校の近く、豚小屋の上のアパートだった。近くにはかつての同級生も多くいた。父からの仕送りでは1日500円しか使えない。3日間、何も食べずに1500円を浮かし、新宿のションベン横丁で煮込みだけを肴に酒を飲んだこともあった。

学校に行って腹をすかせていると、練馬の中村橋に住んでいた同胞の柳がよくメシをご馳走してくれた。

私は末っ子だったので、小さい頃から料理はよく自分でやっていた。だから、料理は得意である。学校ではチャーハンや麻婆豆腐といった料理から始まり、手当たり次第に料理を覚えた。1年間、毎日休まずに遅刻もせず、悪いこともせずに学校に通った。

東京の印象は「会話がない」。それに尽きる。

シーンとしているのだ。大阪ならそこかしこで誰かがベラベラ喋っている。東京で飲みに行き、つい大阪の癖で「アホか」などとやると、「ぶっ殺すぞ」と怒られてしまう。金がないのに池袋のキャバレーに行き、4万円を請求されて友人と走って逃げたこともあった。

調理師学校を出ると大阪に戻った。居酒屋などでの仕事はないかと就職活動をしてみたが、なかなか見つからない。面接を受けても全部断られるのだ。

当時は依然として根強く就職差別が横たわっていた。

「シャブいらんか?」

21歳だった。金もなく仕事も見つからない。私は石橋のパチンコでしのぎをしていた。それにはこんな経緯がある。

金も底をつき困っていたところに、総連でボディーガードをしていた時に食事の席に陪席して知り合ったパチンコ店の経営者が声をかけてくれた。

この人が岐阜県内のボーリング場を買い取ってその場所に新たにパチンコ店をオープンしようとしたところ、パチンコをシノギとするヤクザが介入してきたのだという。そのヤクザに対するいわば用心棒として私を雇うというのだ。

そのヤクザについては、総連府本部の幹部に相談すると、山口組のある幹部が出てきてくれた。パチンコ屋に出入りしていたヤクザたちを追い出してくれたので、その謝礼として総連が謝礼を支払った事実がある。

その幹部はのちに山口組の直参となった。

彼のことをヤクザの鑑と言う者も少なくない。武闘派として知られる一方で、勝新太郎や菅原文太、鶴田浩二、高倉健らとの交遊は知る人ぞ知るところであり、総連の大物であった金成萬とも交流があったのは事実だ。

パチンコ屋での仕事では、地元のヤクザとトラブルを起こしたこともあるが、生まれ育った池田にヤクザをしていた有名な先輩がいたために、さして大ごとになることもなかった。

その頃に知り合ったのが、広島の共政会の若中だったこともある玉木健一だ。彼は大阪に出てきていたが、当時は大日本平和会に所属していた。出会うなり玉木が言った言葉が印象的だった。

「兄さん、シャブいらんか?」

石橋のパチンコ屋でのことである。

私が「俺はシャブしまへんね。すんまへんな」と返すと、「そやったら、誰かシャブいるやつ紹介してくれへんか?兄さん、このへんの顔ですやろ」と食い下がってきた。

そこで私はシャブ中のグループを紹介してやった。うまく商談が成立したようで、玉木は私に酒をおごってくれた。その時の話ではシャブは西成の兄弟分から仕入れるとのことだった。しかも、車代を払うから私に西成まで連れて行って欲しいという。

金のない私は二つ返事でＯＫだ。西成から阿倍野にかけてうろうろしてその仕入先なる場所に送り届けると、なんと大日本正義団だった。

当時は三代目山口組と二代目松田組による大阪戦争の真っ最中。大日本正義団はその二代目松田組の傘下である。関わってはマズいと、その後、玉木がパチンコ屋で「ちょっと西成まで送ってえな」と声をかけて来ても、断るようにしていた。

すると、自分の兄貴分だと言って、大日本平和会にいた下関出身の男を連れてきた。今度は2人して「パクテホン頼むわ」ときた。下関の男は「兄さん、ちょっと西成まで頼むわ。金払うから」と追い討ちをかける。

金には弱い私は、2人を乗せて西成の大日本正義団の前まで送り届けた。すると、近所の風呂屋からおばさんが現れた。洗面器を抱えたままこちらに近寄ると、後部座席に座っていた2人は、懐からピストルを取り出すと、おばさんの洗面器の中に置いた。

私は驚いて冷や汗を流すばかりである。抗争中の正義団に道具を渡しに行ったことになるのだ。周囲には警察がわんさといる。とんでもないことに巻き込まれてしまうのではないかと思った。

その後、大日本正義団の会長の吉田芳弘は大阪の日本橋で射殺されたが、さらに1年数ヶ月後には三代目山口組の田岡一雄組長が京都東映画撮影所を訪れた帰りに京都三条駅前のクラブ「ベラミ」で待ち伏せしていた大日本正義団幹部の鳴海清によって狙撃された。

首に怪我を負った田岡組長は奇跡的に一命を取り留めるたが、山口組の本格的な報復が始まる。山口組の恐るべき強さは尋常ではなかった。狙撃した鳴海清は六甲の山中で激しい暴行を加えられた上に他殺体で発見された。

真犯人はわからぬまま時効となったが、私を西成まで送らせた玉木は行方不明となる。

私はこのようなヤクザの抗争の中で山口組が組織を急成長する過程を見てきた。それらの抗争や組織の成長には在日朝鮮人・韓国人の存在があったことを見逃すことはできない。そのヤクザがじつは芸能界や政財界、さらには総連や民団にまで形を変えて溶け込んでいるのだ。

明月館

このパチンコ店の用心棒役は4か月ほどで終わった。

あらためて料理人となろうと、淡路にあったちゃんこ料理屋に面接に行く途中のことだ。当時、新大阪にあった総連府本部の前を通ると、総連に勤務する知り合いにばったり会った。面接のことを説明すると、「明月館に行けばいいやんか」。私の明月館の梅田本店での仕事が決まった。

顔がいかついからホール係はとても勤まらない。厨房で働くことになった。

社長の韓明石は総連府本部で財政担当の副委員長でもあった実力者。明月館はのちに梅田明月館と名を改めるが、実質的に総連大阪府本部が経営していたと言ってよい。

韓明石は梅田明月館の道頓堀店でよく大阪国税の職員らを飲ませ食わせの接待をしていた。そうやって同胞企業への課税で手心を加えてもらうのだ。

私はこの梅田明月館で13年間にわたって修行を重ねた。最初の梅田本店では副チーフまで勤め、門真店や道頓堀店ではチーフとなり、十三店では店長も経験した。この13年間の間に日本はバブル経済へと突入し、焼肉店はよく儲かった。

なお、梅田明月館の道頓堀店が入る建物はもともと宝石店の所有だった。この宝石店が倒産した後にあるヤクザが占有することになる。それを経済ヤクザとしてずば抜けた存在だった生島組が整理して総連府本部に購入が持ちかけられた。それを受けて総連では関連会社に朝銀から融資させ、購入して明月館の道頓堀店としたわけだ。なにかとヤクザと接点が出てくるのは世の常というべきか。

社長の韓明石からは「俺が死んだら次はお前や」と言ってもらうこともあったほど可愛がってもらった。

明月館での仕事に慣れてくると、精神をあらためて鍛え直すためもあって日本拳法を学び始めた。私の緩んだ気持ちを追い込むには格好の武道である。

1983年7月にあった全国大会では2段の部で優勝した。前の晩に夜の街で遊んでいたにもかかわらず実現できた。新聞でも報道されたが、大いに私に自信をつけさせることにつながった。

池田銀行女子行員殺害事件

梅田明月館で働くようになった頃、私は生まれ故郷の池田にも近い阪急宝塚線沿線の石橋の繁華街で酒を飲むことが多かった。そんなある日、石橋の駅前にあったパチンコ屋に大阪府警の刑事が頻繁に出入りしているのに気づいた。

私は気になり、近くの居酒屋の店主に聞いていると、池田銀行の女子店員の変死体が見つかったという。

池田署に捜査本部が設けられたが、捜査はなかなか進展しない。石橋周辺のスナックやパチンコ屋などに聞き込みが続けられた。私が気づいたのもその様子を見てのことだ。殺害された女子行員は、石橋駅前の商店街のなかにあるスナックでアルバイトをしていることが判明した。

遺体はロープでぐるぐる巻きにされていたという。通常の殺人ではない。警察は覚醒剤中毒による犯行ではないかと見立てた。そうなると、石橋じゅうのシャブ中がパクられることになる。

その頃の私は、梅田の焼肉店で仕事を終えると、石橋で知り合いの女性と飲むことが多かった。そこへ駅前のパチンコ屋の常務が私に声をかけてきた。

「大阪府警の刑事が呼んでるで」

パチンコ屋の2階の事務所に顔を出すと、刑事が待っていた。

「なんの用ですか」

「君が朴泰弘か。私は府警本部の麻生や」

相手は貫禄があり、凄みもあった。麻生はこんな話を切り出した。

「君はこの辺では知られた存在のようやな。捜査に協力してほしいんや」

事件のことはもちろん私も知っていた。なんの協力ができるんですかと尋ねる私に麻生はこう言った。

「女癖の悪いヤツを教えてほしい」

「わかりました」

あくる日、私は捜査本部のある池田署に出向き、6時間あまりも麻生にいろんな人間について教えてやった。それからと言うもの、私の職場にたびたび電話がかかってきては、「池田署に何時に来てほしい」と呼び出しを受けるようになった。

池田署での話はいつも長い。そのうちウンザリしてきた私が「この事件は真面目な人間の犯行ではないでしょうか。例えば、公務員のような堅苦しい仕事をやっているヤツです」と自分の意見を伝えたが、麻生からは鋭い目つきで睨まれてしまう。

しまった、この人も公務員や。そう気づいた。

その後、この事件は急転直下、解決する。逮捕されたのは、箕面市役所の職員だった。

私は思った。悪いやつほど女にもてる。女に尽くすためなら際どいシノギもするが、可愛い女を殺したりはしないものだ。それなのに公務員は……。


「おい、これ誰の歌や」


明月館での仕事と並行して朝鮮青年同盟の活動も行った。

総連の機関紙である朝鮮新報やその他雑誌を配達し、若い同胞の子を家庭訪問して人間関係を築き青年同盟の活動に勧誘するのである。さらに知り合いのごろつきたちを集めては金剛歌劇団のチケットを売り歩く。同胞たちと酒を飲みながら朝鮮の歴史を語り、朝鮮人としての意識を持つようにすることもある。

青年同盟の活動は楽しかった。豊能支部の副委員長を経て最後は委員長までやったが、その時に知り合った後輩たちとは今でも一緒に仕事をする。海外に出て日本人同士が集まるようなものではないか。

ただ、そんな場でも金日成の話をしだすと、話がややこしくなり、嫌がる同胞も少なくなかった。

青年同盟の中央大会に出席したこともある。確か宿泊はワシントンホテルだった。大会では全国各地の本部や支部がそれぞれ実績を披露して討論を行うのだ。私は調理師だったとは言え、半分以上はヤクザや愚連隊に近いようなものである。そのような討論に馴染めるわけがない。大会が始まるとまず歌を歌う。金日成元帥を讃えるいつものやつだ。ようやく終わり席に座ろうとすると、別の歌が始まる。歌詞を聞くと誰やら知らない人物を讃えるものと分かった。

「なんや、これは！」

私はその時まで後継者に金正日がなるなんて知らなかったのである。いや、金正日そのものを知らなかったというか。隣のツレに聞いてみた。

「おい、これ誰の歌や？」

「息子で後継者の金正日の歌です」

思わず声が大きくなる。

「そんなこと聞いたことがないで！ほんなら、こんなしていつも2曲歌わんとあかんのか！」

みんな頭がおかしくなったんとちゃうか。私はこれはもう終わりや、とアホくさくなり、早々に大会を切り上げ池袋のキャバクラに行き遊ぶことにした。


青年同盟の活動といえば、総連の近畿学院での研修合宿に行ったこともあった。ここで西淀川のワルで、朝青の西淀川支部の委員長だった朴鉄龍と久しぶりに会うことができた。

彼は2つ歳上だが、同級生みたいなものである。2人で可愛い女の子を集めて西淀川支部と豊能支部の合同でバスをチャーターして海まで遊びに行ったこともある。そこにはいまの私の妻も参加していた。

彼はどこから見ても極道だ。おまけにプレス機械で事故に遭い指が2本ない。カタギに見られることはまずなかった。

私と朴鉄龍とで合宿を抜け出し飲みに行くことにした。すると、朝青の府本部の誰かが抜け出すのはダメだと言い出す。私はキレた。

「おまえ、誰に向かってもの言うとるんや！黙っとけ！」

そのまま朝まで飲んで帰りがけに新聞を手にとると、山口組の竹中四代目が撃たれて亡くなったとある。時は山一戦争へと突入していく。

貴龍会との一件

私がまだ明月館で働いていた24歳の頃のことだ。美容師をしていたMという21歳の女と知り合い、つき合うようになった。食事をしたり、一緒に旅行にも行ったりする仲になった。3年ほどのつき合いのうちに、彼女の家にもよく行き、両親からも好かれていたと思う。

当時の私は通名の加藤秀男を名乗って生活していた。とても本名を名乗るような余裕はなかった。

私は彼女との関係を真剣に考えていたので、結婚を意識して彼女の家で朝鮮人であることを打ち明けた。すると、彼女の家族の態度が急変したのである。今まで経験したことがないあからさまな差別にぶち当たった。いくら喧嘩に強く不死身の男でも、恋の病には勝てない。

当時は携帯電話がない時代。彼女の家に電話をしても、取り次いではくれない。それどころか、電話に出た父親は、「もう会わないでくれ」と言う。別の機会に彼女の兄が出た時には、キツい調子で「別れてくれ！何も言わんでも分かるやろ！」ときた。

彼女の家庭を無茶苦茶にすることはできない。私は身を退くことにした。1年以上、酒浸りとなり、立ち直れなかった。

そんな時のことである。梅田にある地下のスナックで同僚であるツレと飲んだ。女と別れてむしゃくしゃしているせいで荒れていた。酒を飲んでも癖が悪い。

スナックを出て道路の真ん中を歩いていると、クラウンがクラクションを鳴らしてきた。

「うるさい！」

私がタイヤを蹴り上げると、上下に紺色の服を着た体格のいい男が素早く降りて来て私を見るなり殴りかかってきた。

クラウンを道路の真ん中に止まったままの状態にして私たちの喧嘩が始まった。相手は30歳前くらいの力の強そうな男だ。タックルをして私を倒そうとする。

しかし、私は喧嘩のプロ中のプロ。タックルしてきた頭を右手で押さえて、相手の勢いを利用して体を左に逸らしてから右足を引っ掛けて倒した。

男は立ち上がって右ストレートを出してきたが、私はそれをかわすと、こちらの右ストレートを思い切り入れてやった。その後は左右の連打でボコボコにするだけである。

男はヨロヨロしながらもクラウンに乗り込んだ。男が逃げるつもりなのだろうと思い、駐車場の金網に身を預けてその男から目を離した。車は走り去った。だが、途中でUターンするなり私めがけてやって来るではないか。私を轢こうと言うのだ。気づくのが遅くなったため、金網と車の間に挟まれたが、勢いがなく私に怪我はない。すると、今度はスピードを出して私をひき殺そうと向かってくる。

「こいつ、やばいやつやな」

私はとっさにその車の上にジャンプして飛び越えた。道路に落下したが、自然に受け身をする。

車はまたしても轢きに来る。車の上に飛び乗り、足で車をボコボコにしてやった。それから車の横に降りると、今度はドアを蹴り上げてボコボコにしてやった。車には女が乗っているのが見えたから、手加減して少しでヤメたが、車はそのまま逃げていった。

その後、梅田の東通り商店街の屋台でうどんを注文して食べたが、一緒に飲んでいた同僚を「なんで加勢せえへんねん！」と責めると顔面を何度か殴った。当時の私はキレるとどうにもならない。同僚は下を向いたままうずくまっていた。その様子を見て屋台のおっちゃんは怖がっていた。

だが、もっと恐ろしいことはそれから起きた。

3台くらいの車が止まったかと思うと、男の集団が木刀や刃物を持って降りてきて私に殴りかかってくる。私は頭を切られ、血が噴き出した。その場を逃げるより他ない。だが、血が止まらない。

なんとか東通り商店街を走り抜け、角にある馴染みの寿司屋に逃げ込んだ。ビール瓶を両手に持ち構えたが、血が噴き出している。客は騒然となった。

「もうあかん。殺されるかも知れん」

そう思った時、同級生と昔の仲間である一会のヤクザがカウンターにいるのに気づいた。

「朴泰弘、どないしたんや！」

「ちょっと待ったってくれ。先に病院に連れて行かな、あかんぞ」

私を行岡病院にまで連れて行ってくれた。麻酔なしで頭を縫ってもらったが、先生は驚いてこう聞いてくる。

「あんた何したんや。病院の周りはヤクザだらけやぞ」

どう見てもヤクザの連中のものとわかる車が数台止まっている。

「先生、すんまへん、病院の裏口かどっかから逃してもらえますか」

裏口に案内され、そこからタクシーに乗って曽根崎警察まで逃げた。ところが、警察は知らんふりである。帰れと言われて、私は思いつきで姉が働く共和病院にタクシーで行き、入院させてくれと頼み込んだ。

「ヤクザと喧嘩して追われてるんや」

そう説明すると、姉はまたかという顔をしたが、取り敢えず入院させてくれた。どうしようもない弟で困ったヤツと思ったはずだ。

その一方で、私のツレだった同僚は六甲山まで連れて行かれて半分埋められ、私の名前や住所、職場に至るまで全部喋らされていた。さらには共和病院に入院していることまでうたってしまった。

他にも一緒にいたのは、始発で池田の私の家に行き、すぐ上の姉に「ヤクザにやられて頭から血を流してどこかに逃げましたが、帰ってませんか」と尋ねたらしい。だが、共和病院に勤めている姉が家に電話して私の無事を伝えてくれた。

数日後、5、6人のヤクザの幹部が私の入院先にやって来た。

「おい、おぼえとるか！」

「すんまへん、待合室まで行きましょうか」

相手は二代目大野一家の貴島鉄雄の組織・貴龍会だという。私は取り敢えず頭を下げた。

「すみませんでした。退院しましたら、ご挨拶に行きます」

そう伝えると、東三国にある貴龍会の事務所の住所を聞いておいた。

退院後、私は明月館を退職した。慰安旅行で明月館のチーフと口喧嘩となり、花瓶で頭を殴ったこともある。それに今回の騒動である。もう私はこの店に戻るわけにはいかないと判断したのだ。

そして貴龍会への挨拶である。友人の玄に頼んで外で待ってもらうことにした。

「わしが出て来んかったら、警察に通報してくれ」

そう言い残して事務所に入った。金がないので手土産はセブンスターの1カートンだけである。

「こんにちは。すんまへん」

努めて明るく振る舞う。

「はい、どちら様ですか」

当番がそう尋ねてきた。

「この間、迷惑かけた朴と言います」

すると、奥から頭が出てきた。

「わしや、わかるか」

私が最初にボコボコにしてやったクラウンの主である。

「はい、どうもすんまへんでした」

そう詫びると、会長の姐さんも出てきた。会長は服役中とのことだった。

「あんたか。うちの頭をどついたんは。あんたむちゃくちゃ喧嘩強いらしいの。うちの頭はあんたと喧嘩して初めて負けたんやで」

頭もうなずいた。

「ほんまに一人で謝りに来るとこ見ると、根性座っとるわ。堅気にするのは勿体ないな。まあ中に入れたれ」

事務所に入れてもらい、なんだかんだと話をするうちに身の上話となった。

朝鮮人で仕事は辞めたばかりだが、以前はボディーガードをしていたこともある。そんな説明をしていると、それならうちの組でボディーガードをやってくれと言い出すではないか。そして私の治療代は全て払ってくれた。

私もあれだけの騒動の後なのですぐには断れない。1か月くらいは一緒に行動し、大野一家や中島会などの幹部も紹介される羽目となった。その後、出張の仕事が入ったことをきっかけに貴龍会には丁重にお断りしたが、あの期間に在日のヤクザと多く出会ったことが今でも頭に浮かぶ。

貴龍会の頭はのちに大野一家の大幹部となった。

光州事件と朝青活動

1980年5月に韓国全羅南道の光州で事件が起きた。

前年に朴正熙が側近の中央情報部長によって暗殺された後にクーデターで実権を握った保安司令部の長官だった全斗煥が野党政治家の金大中を逮捕したことに抗議する学生デモがきっかけだった。多くの市民も抗議に加わり、数万人規模で一斉に蜂起した。

デモは数日間で全羅南道全域にわたり参加者は20万人にまで膨れ上がった。このデモを鎮圧するために軍が投入された。市民に容赦なく銃を向け戦車で抗議する参加者を轢き殺した。その惨状は外国人記者らによって世界中に伝えられた。

朝鮮総連も親交のあった日本人の左翼系映画関係者を韓国に派遣する。日本の映画人らは勇敢にも虐殺現場にかなり近い場所から撮影した生々しい映像を送ってきたので、総連支部での上映することとなり私たちはそれに見入った。

血を流して逃げ惑う市民たちの悲痛な姿を目の当たりにして、私は「いったい俺は何をしてるんや」と自分自身が情けなくなった。酒を飲み喧嘩ばかりしているではないか。すぐさま光州市民を支援するための署名活動を始めた。

そのうちに自然と朝鮮青年同盟の活動に参加するようになり、朝青豊能支部の副委員長となった。だが、私も食っていかなくてはならない。仕事を見つけようと、面接をあちこち受けたが、どこも雇ってはくれない。

結局、私は再び明月館に戻ることになった。先代の日本人料理長が声をかけてくれたからだ。私の一番の師匠である伊勢さんだ。

戻ることになったとはいえ、ヤクザを相手に暴れまわり、同僚にも暴力を振るった私のことを他の従業員や調理師たちは恐れた。そのため東大阪の鴻池支店という小さな店に行くことになる。

ただし、それまでの間、十三にあった総連経営のラウンジでボディガード兼女性の送迎をするようにと総連府本部の韓明石副委員長に言われた。4か月間の仕事だったが、やはりボディガード業とは切ってもきれぬ関係なのだとあらためて思ったものだ。

その後は再び鴻池支店での勤務を経て十三支店での勤務となった。

妻は美しく母となりそして偉大だった

明月館に事務員として女の子が入ってきた。私より4つ年下で平和相銀や福岡の銀行などで働いたことがあるという。

韓国旅行中に妻と

「可愛らしいべっぴんが入って来たで」

店の男たちの間で引っ張りだこだ。そうこうするうちに私にも、彼女と飯に行くので一緒に行かないかと声がかかった。

「可愛らしいな」「素直やな」

それが最初の印象である。それから彼女と親しくなるまでそう時間はかからなかった。今の妻である。最初は店の他の従業員たちから「あいつに近づいたらあかんで」と言われていたらしい。

彼女は日本人だ。当時、在日朝鮮人の間では朝鮮人同士の結婚を好む傾向が強かった。私にも総連幹部の娘との見合い話があったがそれを断り、彼女と2年つきあって結婚することにした。

九州の佐賀にある彼女の実家を兄と訪ね、結婚の許可をもらいに行った。

「いったいどこの馬の骨の朝鮮人か！」

妻の父はそう怒っていたが、誠意を込めて彼女を一生、大切にすると伝えると、許しを出してくれた。

九州人は竹を割ったような性格で、納得すると話が早い。それに歴史的にも朝鮮半島との窓口だったこともあるのだろう。関東あたりとは朝鮮に対する反応が違う。高速道路に乗っていても、ハングルで案内が書かれていたのには驚いた。

結婚式は庄内の中華料理店を借り切って行った。総連豊能支部の委員長が仲人をしてくれ、妻はチョゴリを着ていた。

私は妻を尊敬している。私と結婚すると、朝鮮籍を取ってくれ、のちに私が韓国籍に変えると決めた時は一緒に韓国籍になってくれた。

妻は祭祀（チェサ）と呼ばれる韓国の法事にも一生懸命参加し、私の両親や障害がある兄の世話もしっかりしてくれた。

父は晩年、パーキンソン病や癌にかかったが、その看病をしてくれる妻に父は「あの世に行ったら恩返しするからな」といつものように言っていた。父は彼女を自分の嫁のように思っていたのではないか。母は日本人嫌いだったが、彼女のことは別だ。

「日本人と結婚してよかった。あんなにワルだったのに、まともになったのもあの子のおかげや」

そう言っていた。

ただ、妻は総連嫌いであることはハッキリしていた。そして、ヤクザと右翼も。

結婚1年目に長男を授かり、2年目には次男、4年目には長女と3人の子供に恵まれた。

子供たちが成長すると、子供たちをどこの学校に通わせるかという問題が出てきた。総連の府本部や支部からは朝鮮学校に入れさせてくれとわんさと勧誘がきた。妻は朝鮮学校に入れさせないときっぱりと断った。妻がダメならと私のところにも来たが、「俺みたいなワルになったらどないするねん！」とこれまた断ったのだ。

子供たちは近くの公立学校に入学することになったが、妻は在日の子供たちの保護者会を仲間たちと設立し、子供たちが差別やいじめに遭わないよう学校に求めたのである。その行動力に私は感服せざるを得ない。

子供がさらに中学校に入学すると、その入学式に妻はチョゴリを着て出席した。なお、私はスーツだったのだが。

私たち家族は本名の朴姓を名乗り韓国籍で生きている。在日の中でも日本人の配偶者を得ると、日本に帰化することが多いなかで、こうした生活ができているのも妻に寄るところが大きい。私は彼女に感謝するばかりである。

父と母

家族の話をしたので、父と母のことについてもう少し書き記しておく。

父は私が33歳の時に亡くなったが、ずっと総連の支持者だった。とはいえ、金日成や金正日親子のことを信奉していた訳ではない。むしろマルクス・レーニン主義のことを信奉していた。

金日成が北朝鮮で権力を掌握する過程で多くのライバルを粛清したことを指して「金日成がみんな殺した」と言い、金正日が権力を継承した時には「親父（＝金日成）のことは尊敬できても、息子なんかに頭が下げられるか」と話していた。

ただし、祖国を思う気持ちは強い。民団の人たちからも「あんたの親父は愛国者だった」と言われたこともある。

その一方で、生まれ故郷の慶尚北道には1度も行こうとしなかった。父の実家は両班の出らしいが、身内と折り合いが悪く、兄が亡くなると追い出されるような形で日本へと渡ったと聞いたことがある。

北朝鮮には70歳近くなって1度だけ万景峰号に乗って行ったが、船中は大時化で乗客のみんなが船酔いするなかで、船長とずっと朝鮮将棋をやっていた。

博打がべらぼうに好きで、ヤクザの親分から「おまえのところの父親はええ博打しとったで。

一発でぽんと600万を張ったりしとった」と聞かされたこともある。私の5つ上の兄は正月に父からイカサマ花札でお年玉を全部取り上げられたこともある。

酒を飲んだら暴れる典型的な在日1世で、テーブルをバーンとひっくり返すものだから、私たち子供らは気をつけをして父の怒りがおさまるのを待つばかりだった。

若い頃に愛媛にいた時に、日本人に気に入られて「わしの娘と結婚せい」と言われたことがあったそうだ。どういう経緯で結婚まで至らなかったのかは知らないが、時おり「アイちゃん」とその子のことを懐かしがっていた。

父は1世ながら日本語に朝鮮語の訛りがまったくなかった。韓国のことを「あんな国には絶対に行かない」と言う一方で、生まれた家が山の上にあったとかで、自ら買った墓は生家と同じように霊園で一番高く麓まで見下ろせる場所を選んだ。

母は私が20歳になるまでがむしゃらに養豚業をしていた。その上、あの世代は祭祀が年に何度もある。猪名川の工事で立ち退きをするまでそんな生活だった。

母は父と違い生まれ故郷を訪ねたことがある。私の姉が連れて行ったのだ。当時のまま家が残り、親戚にも会うことができたと嬉しそうだった。

今は父と母、それに私の次兄と揃って墓に入っている。

外国人登録証

私たち在日朝鮮人を最も苦しめ続けたのが、外国人登録証である。私たちはよく縮めて「外登」と呼ぶ。職務質問や交通検問、それにちょっとしたトラブルでも必ず外登を見せろと警察から言われる。

自宅から近い伊丹で車を運転していたところ、交通検問があり免許証を出すと、警察官から「外登！」と言われた。その有無を言わさない態度に思わず、「街灯やったらそこらへんにあるやないか」と返事をした。実際、その時はたまたま外登を携帯していなかったのだ。

「外登です」

警察官は繰り返してきた。

「外国人登録証とはっきり言わんかい。今は持っとらへん。家から持ってくるからちょっと待ってくれ」

そう説明したが、警察官はいきなり私を外国人登録法違反だと言って私を交番まで連れて行き書類を作成し始めるではないか。

「こんな馬鹿げた法律作りやがって」

そうは思うものの、どうにもならない。私たち在日にとって差別と抑圧の象徴がこの法律である。外国人登録法は犯罪捜査や在日朝鮮人を治安管理の対象とするための手段として制定され、そして運用されてきた。日本政府はあまりに勝手である。

日本政府は戦前に植民地支配下の朝鮮人に与えていた参政権を剥奪した選挙制度を制定して在日を民主主義から排除した。

1947年5月3日に平和憲法を施行するその前日に外国人登録令を出し、それまで日本国籍を持っていた在日を外国人とみなすとしたのだ。

50年には公職選挙法で戸籍法の適用を受けない者の参政権は当分の間、停止するとの付則をつけたが、この「当分の間」が現在に到るまで続いているのだ。

52年の外国人登録法で外国人登録証の常時携帯が義務づけられ、在日は国籍差別の嵐の中に置かれる。3年ごとの登録証の切り替え更新が強制され、指紋押捺も義務づけられた。これを怠ると刑事告訴されるのだ。

登録証を携帯していないで伊丹の交番に連れて行かれた私も3万円の罰金を支払わされた。当時の3万円は大金である。

しかし、80年代に入ると、在日コリアンの間で指紋押捺を拒否する動きが強まり、私も署名運動を行った。日本人の問題意識も高まったことで、外国人登録法は数度の改正を経て、最終的に指紋押捺と登録証の常時携帯の義務を撤廃へと追い込んだのだった。

第4章 祖国

初めての訪朝

１９８０年代に入り、明月館はうなぎ上りの勢いで売り上げを伸ばしていた。朝鮮総連大阪府本部もいろんな事業に手を出しており、財政も豊富であった。

当時は焼肉がブームとなっていたこともあり、総連では北朝鮮に料理の代表団を送るという計画が持ち上がった。

その第１回目として選ばれたのは、さくらグループのモランボンだ。私が卒業したモランボン調理師専門学校の講師と当時の料理長が訪朝した。２回目の訪朝は総連大阪府本部が実質的に経営する明月館が選ばれた。

これを受けて明月館社長の韓明石は誰を行かせるのか悩んでいたようだ。

ちょうどその頃、わが家にはオモニの弟が北朝鮮で２人生きているとの連絡が入っていた。オモニは急ぎ総連豊能支部に親族訪問の手続きを申請した。オモニの勢いのすごさもあって、許可はすぐに下り、オモニとアボジは北朝鮮船の三池淵号で訪朝することになった。

一方、訪朝させるメンバー選びで悩んでいた韓明石は、２人を選んだ。そのうちの１人が私だった。当時、明月館でチーフをしていた朴政夫とともにこれまた同じ三池淵号で訪朝することになったのだ。

私の運命なのか、神様のいたずらなのか分からないが、アボジとオモニの2人と同じ三池淵号に乗って北朝鮮へと向かうことになった。元山には2日で着く予定だ。80年代はまだ社会主義の影響力が強く、金日成も健在だった。金日成は偉大な人物であるとされ、総連は彼のことを強く崇拝していた。

日本を発って2日目の朝、北朝鮮の陸地が船から見えてきた。初めて見る土地がどんどん近くに迫り、元山の港には多くの人が出迎えている。私は思わず目を凝らして探し出してしまった。出迎えの人たちの中に帰国した友人のピョンやチョリンがいやしないかと。彼らのことが脳裏に浮かぶとなぜか涙が出てしまうのだ。

平壌の玉流館で料理の技術交流を行なった

船を降りなり、オモニは弟を探してうろうろしだした。仕方がない。16歳で日本に渡った時、弟の金キスはまだ5歳だった。

「日本に行くな!」

スカートをつかんでそう泣いたという。その時の姿を思い浮かべながら母は弟を探し続けた。心の中はいかばかりであっただろうか。しかし、弟は出迎えの集団の中にいなかった。

訪問団のメンバーが全員集められ、団長が挨拶すると、北朝鮮の労働党幹部担も挨拶した。挨拶が終わると、オモニはその幹部に駆け寄り、弟がいない、手紙で生きていると連絡があったのにと訴えた。幹部は、探してみたが、金キスという名前は見当たらないという。オモニが「もう一度探してください。名前は金キスです」と懸命に伝えると、相手は「それではもう一度探してみましょう」と返事をしてくれた。

1時間ほどしてから幹部がやって来ると、首を傾げながらも「ひょっとしてキストンムだろうか」とこぼした。まさかという様子ながらも、軍部に問い合わせ連絡を待った。そう、オモニの弟は朝鮮人民軍の少佐で北朝鮮の歴史的英雄にして、金日成の側近にあたる人物であった。待つこと30、40分ほどだろうか。軍人が数名ほど現れ、近寄ってきた。そのうち1人は胸にたくさんの勲章をつけている。急に早足になると、オモニを見て「ヌニム！」と大声で泣き出しながら、オモニを抱きしめた。2人の40年ぶりの再会であった。

監視社会・北朝鮮

40年ぶりの再会に報道関係者がわんさと押しかけて写真を撮り始めた。私たちだけが別室に招かれ、かつて金日成が宿泊したという部屋に宿泊することになった。特別な料理が運ばれて私たちは夕食をともにした。

ところが、軍人である叔父の金キスは流石に心得たもの。私の肩を組んで顔を近づけると、小声で「顔を動かすな。普通にしていろ。すべての部屋には盗聴器が仕掛けられているからな」という。

外に出ると、宿泊施設の前にいるアベックや立っている男もすべて監視役で私たちのことを見張っていると教えてくれた。

私はすぐにピンときた。総連の大阪府本部でボディーガードをした経験もあり、すべて察知することができた。たとえ、北朝鮮に忠誠を誓う総連の代表団であっても、監視対象となるのだ。それが北朝鮮である。

ただ、私のオモニにはそんなこと関係がない。なんだかんだと言いたい放題、やりたい放題である。これには叔父も流石に困った様子だ。オモニは百貨店に行き、冷蔵庫や扇風機、その他を買い漁ることもしていた。

一方、私の本来の同行者であるはずの明月館チーフの朴政夫は、数日間、ホテルで監禁状態となっていた。

日本からの事前連絡が不十分で、北朝鮮に着いたものの、「ちょっと待ってください」と言われたきり、2、3日、ホテルから出ることができなくなっていたのだ。朴政夫はホテルで待つより他ないと言うが、いつまでも連絡がないので、私は叔父に相談してみた。

叔父の手配は早い。すぐに労働党幹部らと話をつけてくれ、私たちの訪朝の目的であった平壌きっての名料理店・玉流館に行くことになった。

玉流館では、早速、技術交流することが決まり、料理を教えてもらうことになった。調理人たちは暖かく迎えてくれ、いい人たちばかりであった。しかも、素直である。私たちはお礼に日本から持ってきた包丁セットを進呈した。

大阪に戻り、明月館の社長に報告すると、社長は私の叔父のことを知っていたばかりか、次は紹介しなさいという。一方、チーフの朴政夫はその後、数年で明月館を辞めてしまった。

2度目の訪朝

それから5年後のことだ。2度目の訪朝をすることになった。今度は社長と支配人、新しい料理長、そして私の4人だ。今度は北京経由で飛行機で向かう。玉流館の調理人の顔を知るのは私だけである。

大阪伊丹空港から北京に向かう。

中国国際航空のスチュワーデスはマナーがまるでなっていなかった。当時の北京の空港は今

のような大空港ではない。私たち一行は誰も中国語ができない。北京空港に着くとすぐに、

「金日成元帥のバッチをつけろ」

韓明石副委員長はそう指示したかと思うと、私にタクシーを探せという。タクシー乗り場に行き、左胸につけたばかりのバッチをトントンと叩いて見せると、運転手は「好的」との反応。私たちを北朝鮮大使館まで乗せて行ってくれた。

大使館の門を叩いてその晩は泊めてもらい、平壌行きのチケットの手配が済むまで数日ほど待機だ。翌朝、副委員長が万里の長城に行きたいと言うので大使館にお願いしてみた。するど、大使館はベンツを用意してくれ、万里の長城へと向かった。車で行けるところまで行き、それから4人で歩いたが、さすがに400年かけて築いただけのことはある。

北朝鮮の名勝・金剛山の山頂にて

その帰りに食事をしようと北京大飯店に向かうと、席がいっぱいだと言う。大使館の案内役が連れて行ってくれたのが、国際娯楽部なる店である。大使館の通りにある有名店だ。だが、食事は口にあわない。そのくせ会計は20万円にもなった。副委員長は一気に機嫌を悪くした。

金剛山の山頂には天女が降りてくるとの伝説がある

この北京滞在にあわせて私は従兄弟の金チャンソと会おうと前もって手紙で知らせておいた。北京市内の公園で待ち合わせ、市内観光の案内をしてもらった。

副委員長にチャンソを引き合わせると、「美味しい料理屋に連れて行ってくれ」と言い出した。

中国語のできるチャンソは中国の朝鮮族がやっている大衆的なレストランに私たちを案内してくれた。あれやこれや注文したが、量も多く、しかも美味い。会計をしてもらうと、なんと5000円。副委員長の機嫌が治ったことは言うまでもない。

あくる日、北京から平壌行きの飛行機に乗ったが、小さなプロペラ機で客はほとんど乗っていない。機長が挨拶に来てくれ、ビールと明太をくれた。

3時間ほどのフライトで平壌に着いたが、そこは小さな飛行場。タラップを降りて周囲を見渡すとミグ戦闘機が数十機も並んでいた。びっくりしたが、よく見るといずれも木製の模型ではないか。案内役に聞くと、米軍の偵察衛星の目を欺くためだという。

空港に着くなり保衛部の監視役がつく。

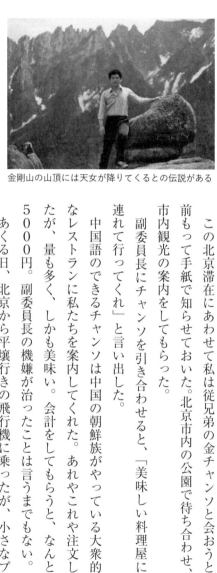

「監視されてますよ」

副委員長にそう言うと、「放っておけ」との返事。

別行動を取る副委員長と別れると、私とチーフは玉流館に向かった。チーフの伊勢さんは日本人で朝鮮語は全くできない。私がにわか通訳となった。

その私たちにびっちりと監視役がついてくる。仕方のないことだと割り切り、タバコの1ケースをあげると大喜びしていた。100円ライターもつけて。彼らは日本のタバコが大好きなのだ。

玉流館での技術交流など平壌での用事を済ませると、私たち4人は元山へと向かった。道中のバスの中で幹部風の人が私に話かけてきた。青年同盟の委員長をして喧嘩も強いそうじゃないか、と。

「在日の将軍だな」

そう褒めてくる。よく知っているが、北の工作員なのだろう。さすがだ。

日本海（東海）に出て海岸沿いの道を進む。日本のように道路沿いにトイレのある施設なんてないから、茂みに入って済ませようとしたその時だ。

「行くな。アンデチレイッタ（地雷があるぞ）」

鋭い声が飛んでくる。海岸に面した草むらは地雷だらけなのだという。敵の上陸を阻むためだ。確かに海岸を歩いている人は誰もいない。

山を見ると、あちこちで山肌が露出している。これまた目を凝らすと、防空壕になっていて、なかでは兵士たちが警戒に当たっているのだ。いまだ北朝鮮では休戦状態のままなのだ。

板門店に北朝鮮側から向かうことになった。朝鮮戦争で米軍の機銃掃射を受けながらも手榴弾を持って敵に向かっていった若い兵士の記念碑が立っている。「私の青春も大切だが、1つしかない祖国のために身を捧げる」との言葉を言い残し機銃掃射に身体を被せたそうだ。その碑の見学後は、「米軍は南朝鮮から出て行け！」と一行でシュプレヒコールを挙げるのだが、私は鼻白む思いがした。

訪朝中に金剛山を視察し、さらに人民軍の元少佐であった叔父のもとを訪ねた。自宅に招かれ、料理がたくさん出たのはいいが、腐ったものも少なくなかった。冷蔵庫もなく、水道もない。井戸が外にあるだけだ。人民軍少佐の英雄の家とは思えない。

叔父が偉大なる首相・金日成元帥のはからいお陰でお前のために料理を用意したというので、私は人参酒の力で無理やり喉を通した。北京経由で大阪に戻ったときはホッとしたものだ。

私を可愛がってくれた韓明石副委員長は大阪府本部の財政を握り、やりたい放題のところがあった。決して清廉潔白な人物ではなかったが、私はそうしたところも含めて好きだった。13年も仕えたのはそのためだ。

時はバブルに向かう日本経済の絶頂期。総連府本部も様々な事業に手を出した。焼肉店、不動産の地上げ、パチンコ……。総連中央の計画に基づき同胞の業者がいない場所を見つけてパチンコ店を開業する。大阪では韓明石が責任者となり、茨木に開店したが、早くに閉めてしまった。同胞からの反発が激しかったようだ。

大阪で韓明石副委員長が手がけたとはいえ、やはり全国では総連中央で財政を握っていた責任副議長の許宗萬が握っていたのだろう。

当時、総連中央は、朝鮮大学校を卒業した優秀な人材を集めて直営のパチンコ事業を手がけていた。

朝鮮人民軍の帽子を被った私

名前を伏せるが私の朝高の同級生で、拳道会の中村日出夫の最後の弟子と言われた男もパチンコ事業をやっていたが、許宗萬の指導下にあったのかも知れない。

パチンコ事業の初期投資に必要な資金は全国にあった朝銀からの融資でまかなわれた。無理な融資を繰り返した挙句、朝銀が90年代末に続々と破綻へと追い込まれたことは多くが知るところである。

朝銀の破綻はすでにバブルの頃にはすでに始まっていたと言える。

全斗煥大統領の訪日

1984年、韓国の全斗煥大統領が訪日した。訪日の予定が決まると、週刊誌には「朝鮮総連の朝青同が暗殺部隊を結成」などと報じられた。

全斗煥はクーデターによって権力を奪取すると、光州事件では軍隊を投入して民主化を求める市民や学生を武力鎮圧した。

北朝鮮はこの全斗煥を暗殺しようと83年10月にビルマの首都ラングーンで爆弾テロ事件を起こしている。

北朝鮮から送り込まれた工作員3名が実行犯となったが、爆発が起きたビルマ建国の父・アウンサンの廟に全斗煥が遅れて到着したため無事だったが、随行した韓国の副首相や外相を含む死者21名、そして負傷者は47名に上った。

この工作員らに死刑判決を下したビルマの判事の娘がのちに日本留学中に自殺に見せかけて暗殺されたとする外交文書があるとの報道もある。

こうした経緯があったからであろう。全斗煥の来日を前に韓国の国家安全企画部は大量の要員を日本国内に配置した。そして朝青同を厳しくマークしていた。

当時の私は朝青同の豊能支部の委員長。しかも、北朝鮮に渡航もしている。梅田明月館にいた頃には安企部の前身の中央情報部にマークされたこともある。

すぐにわかった。尾行されている、と。私はボディーガードの経験もあり、尾行や監視には敏感だ。梅田の繁華街の中でそんなことをしても、不自然丸出しである。

「まったくのお門違いや」

そう迷惑に思っていたが、尾行は全斗煥が日本での日程を終えて帰国するまで続いた。

私が北朝鮮を訪問した時のことだ。当時はラングーン事件が起きて間もなかった。平壌で私たちを案内する者は工作員であることが大半だ。それで直接聞いてみた。

「ラングーンで全斗煥を暗殺しようとしたのは北の犯行ですか？」

当時、総連は北の犯行であるとする韓国政府やビルマの捜査

叔父と元山にて

当局の説明をいつものように「全斗煥の自作自演だ」と主張していた。ところが、この工作員はこう答えるではないか。

「ムルロン、ウリガヘッチョ（もちろん、我々がやったことだ）」

はっきりとそう認めたことをよく憶えている。

自分の店を構える

1980年代の後半になると、焼肉はブームとなった。

5番目の姉の夫は、頭の切れる人で病院事務をやっていたが、どこでどう間違ったのか、焼肉屋をやりたいと言い出した。大今里に店を構えるという。飲食業は簡単なようで、誰にでも出来るわけではない。

「来てくれ」

そう声をかけられたが、梅田明月館の社長を裏切るわけにはいかない。義兄は私がもつノウハウをあてに金儲けをしようという算段だったので必死で口説いてくる。断りきれずに梅田明月館を去り、その店で働いた。

だが、じきに義兄と衝突するようになる。1年ほどで義兄と決別を余儀なくされた。

妻や子供を抱えてどうやって食っていくのか。私は途方に暮れた。そんな頃に、総連の支部の元専任で金融業を営んでいた西川（仮名）という知り合いと再会した。西川は自分が経営する会社の手形を1000万円で割らないかと持ちかけてきた。

貧すれば鈍するではないが、私は利息欲しさにそれに応じた。ところが、その会社はすでに倒産寸前で、西川は5億円もの負債を作ったまま逃げてしまうではないか。

私が騙されたのはそれだけではない。バブル末期に3つ上の朝高の先輩の藤島（仮名）というのが、ミナミで金融業をしていた。

私はこの藤島に2000万円を貸し付けて利息をもらっていたが、自分の会社の経営に必要になったので返済を求めたところ、バカラをやる闇カジノを開くのでその2000万円をこちらに出資しないかと持ちかけてきた。利息が入る上に、軌道に乗れば、全てきっちり返済するという。

何年かは2分くらいの利息が入ってきたが、その後、警察の摘発を受け、新聞にまで載っていた。私はすっかり頭に血が上ってしまい、包丁を持って藤島を刺すくらいの覚悟で上六のビルにあった彼の事務所に乗り込んだ。包丁は肉用の捌き包丁だ。刺せば命はなかったはずである。

ところが、藤島は話がうまい。詐欺師顔負けの巧みな言葉で私を丸め込んでしまう。私は藤島を刺すこともなく済んだ。しかし、お金はいまだに戻ってはこない。もう返して欲しくもない。高い授業料だったと思っている。

これに懲りずに、その後も私はヤクザから「テラ銭は儲かる」と聞くと、私は山口組系の枝に600万円、別の組には500万円と出した。

最初こそ儲けがあったが、最終的にはテラ銭が戻ってくることなどない。ヤクザはカタギの金を食うのが仕事なのだ。しかし、当時の私は黙って引き下がったりはしなかった。ヤクザを相手に徹底的に戦ってテラ銭の半分くらいは取り返した。

相手のヤクザの大半は、在日であった。足の引っ張り合いが延々と続くのが我が民族だ。朝鮮半島の南北の2つの国が1つになることもなく、総連と民団も一緒になることはない。

それが私たち民族の定めなのだろうか。

静岡で手形14億円乱発した兄

1990年頃に私は北巽で初めて居酒屋の経営を始めた。店の名前は「ひまわり」という。

そこへ静岡で事業をしている兄から電話が入った。300万円ほど貸して欲しいという。

「事情を詳しく聞かせてくれ」

そう求めると、自分の会社の経営が危なくなっているが、300万円くらいあればなんとかなるという。

「くらい、ってどう言うことや。兄貴、会社はいったいどないなっとるんや」

問いただす私に兄はこう説明した。当時、兄は嫁の父親とエース観光とアルファ観光という会社を経営していた。業務内容は、パチンコ屋、焼肉レストラン、和食レストラン、浜名湖側の湖西ホテルなど様々な事業に手を出していた。

だが、その大半はいずれも火の車の経営状態で、いずれも事件屋たちに手をつけられていたのだ。

これを聞くと、私は兄が経営する湖西ホテルに1泊した上で、兄がいる静岡に向かった。兄の事業の状態を把握するためだ。静岡でさらに詳しく聞くと、すでに負債額は80億円にまで膨れ上がり、手形を14億円も切っているという。

私はこうなると破産しかないと考えた。兄には何か金目のものはないのだろうか。しかし、実印もゴム印もすでに事件屋が押えてしまっていた。

「兄貴、それはまずいやろ！」

それでも、色々と調べるうちに、幸い小さな焼肉レストランの存在を事件屋の連中に知られていなかったという。私は田中と村山を呼びつけた。

「あんたら何者や。わしは大阪の朝鮮や。ややこしいもんをようけ知っとるから、ガラス張りで話をしようや」

するとと田中が言った。

「7000万円払ってくれたら私らは全ての債権を買い取るつもりですわ」

「そうですか。取りあえず私も今日はこれで失礼して大阪に帰りますわ」

大阪に戻ると徹底的に調べてみた。2人がやろうしていることは、俗に言う事件買いのようである。知り合いのヤクザに聞いてみたが、7000万円はありえない。せいぜい2000万円ぐらいでっせという。

しかし、すでに全て事件屋たちの手のひらの上に乗ってしまっている。しかも、この事件屋は東京の指定暴力団の代紋を持っているという。しかも、事件屋のうち1人は大阪のヤクザの企業舎弟でもあると名乗っているとか。

そこで私の兄貴分である高田博というヤクザに事件屋たちのことをさらに調べて欲しいと電話することにした。高田は宅見組の枝から山口組の直参となった山下組の若頭だった男だ。さらにその後は同じく山口組の直参の大原組の舎弟頭となった。

数日後、高田が教えてくれたところでは、大阪のヤクザにはそのような企業舎弟はいないというではないか。

私は兄に焼肉屋のことは喋るなと釘を刺した上で、兄の破産費用を用立てるため2人に問い質すことにした。そうしなければ、兄には破産費用もなければ、大阪に戻って家を借りることもできない。

だが、相手はヤクザの代紋を持っているという。高田の頭に相談することにした。そして話は決まった。事件屋2人の身柄をさらい、200万円をつくるとともに、焼肉屋を売却することだけは認めさせようというのだ。

まず、兄を大阪に連れ戻し、手形を取り立てる連中から破産処理が済むまで身を隠すことにした。そして焼肉屋は破産後に売却してしまう。専門家にも相談して決めたものだ。

私は高田の事務所に出かけ、高田に直接聞いてみた。

「静岡の2人のガラは誰がさらいますの?」

「静岡にわしの兄弟分がいてるからそれに頼む。その代わり巻き上げた金の半分は渡してくれ」

「わかりました。これは危ない橋や」

その後、高田の兄弟分の関係者が湖西ホテルにいた事件屋の2人を車に乗せて200万円を支払うよう求めた。

焼肉屋を売却するとともに、兄の家を豊中に借りてやり自己破産をかけさせた。

その数ヶ月後、静岡県警の刑事が宝塚の私の家にやって来た。刑事はこう聞いて来た。

「むかし三和銀行にいた伊藤素子って覚えてますか?」

81年に当時の三和銀行でオンライン詐欺事件を起こした犯人のことだ。三和銀行茨木支店の行員だった伊藤は1億8000万円もの金を恋人のために支店のコンピューター端末からオンラインで詐取し、フィリピンに逃亡。当時、大騒ぎとなった。

「ええ、覚えてますよ」

「後ろから彼女を糸で引いていた恋人というのが事件屋の1人です。当時の名前は南でしたけどね。刑務所で勉強して養子縁組で南から名前を変えた上でこの計画を立てたらしいですわ。静岡ではえらい事件になりましてな」

私は「そうですか」と答えるより他なかった。静岡県警は「あんたらもグルやと思ってましたが、弟さんだったんですね。ハッハッハ」

そう笑って帰って行った。その後、私の兄は神戸の震災で事故に遭い、身体に軽い障害が残り、いまは私が経営する焼肉店で働いている。

銃口が私を向いている

北巽で居酒屋「ひまわり」を経営した後、生まれた場所の池田に戻って店を構えることにした。途中、ミナミの千日前にあった事故物件のビルで店を構えてはどうかという話もあった。この話に関わっているのが、前出の高田というヤクザだ。ここでも関わっている。

高田は大阪に高田興業という看板を掲げた事務所を持ち、私はそこによく出入りしていた。当時は自分の店を新たに開くために、あちこちの物件を見て回っていた頃だ。

高田の事務所でその話をすると、「ええ物件がある。わしが占有している千日前のビルや。おまえ、どうや」と持ちかけてきた。

「そうでっか。そんなところで美味しい焼肉屋やったら儲かるかも知れまへんな。いっぺん見に行きますわ」

私も気安く考えてそう答えた。

数日後、千日前まで足を運びそのビルに入ってみることにした。誰やらいる気配がする。気にせず3階まで上がると、「河内興業」と書かれた看板が掲げられていた。

部屋の中を窺うと、どこからどう見てもヤクザの事務所の雰囲気である。私はツレを1階に待たせたままだった。一瞬、躊躇ったが、「まあ、行ったれ」と勇気を出して中に入ることにした。

途端に怒声が飛んできた。

「こらっ！おまえ誰や。わしは賃貸契約してここに看板を上げとるんや。いったいどこのもんや！」

「えらいすんまへん。わしは高田の代理でこのビルを見に来ましたんやけど」

「なに？高田って誰や。われの名前を先に言わんかい！」

「朴と言います」

こういうやり取りをするうちに、右後ろの方で人が動く気配がした。振り向くと、ピストルを構えて立っている男がいる。18歳くらいの若いやつだ。

銃口が私の方を向いている。背筋がゾッとした。このままではマズい。

「すんまへん、私は代理で来ている者で、高田はんに電話をしてもらえまっか」

さらに頼み込んだ。

「それからすんまへんけど、その右の人が持っている物騒なもんを下ろしてくれませんか？」

もう必死の思いである。若い男が握る38口径のピストルを見るうちに、鳥肌が立ってきたのを覚えた。なんとか高田に電話してもらうことができた。

「もしもし、高田さんですか。朴泰弘です。ビルにやって来たんですが、この中で何かしておられる河内（仮名）さんと電話代わります」

河内は電話を変わると高田に向かって「どないな用件や」と話し出した。場がようやく落ち着いてきはじめたが、まだ若者はピストルを構えたまま立っている。汗が噴き出して止まらなかった。

どのくらい時間が経っただろうか。私はこう切り出した。

「すんまへん、もう帰らせてもらえまへんか?」

「おう。おい、靴出したれ!」

私の靴を隠しておいたのだ。

「なんちゅうヤバいとこや」

私はそう思いながら急いで下へ降りた。1階で待っていたツレは「遅いやんけ!」と暢気に声をかけてくる。

「あほんだら。大変やったんや。3階に行ってみたら、河内いうんが占有しとったんや!」

「河内さんか。山健の河内さんやろう。最近(刑務所から)出てきたばかりいうて聞いとるで」

彼らも山健組傘下のヤクザだった。

さすがに詳しい。それから何年か後のことだ。私の友人でもあったヤクザの総長と兄弟分となったことから、偶然に電話で話をする機会があった。

「昔、千日前のビルで1人で部屋に入った朴です。憶えてはりますか?」

そう尋ねる私に、河内は思い出してくれた。

「おーおー、憶えとるわ。あん時はムショ帰りでなあ」

「怖かったですわ」

「そうか！あんたのこと極道もんかと思っとったんや」

「いま石橋で焼肉屋やってるんです」

「おー、そうかあ。いっぺん食べに行くわ」

そんなやりとりをしたが、河内はパクられしまい、いまは獄中だ。山健組の中でも最も武闘派として知られていた。この話を私に持ち込んできた高田博はすでにこの世を去った。

第5章 わが事業

石橋の五色亭

私が焼肉店の1号店を構えたのは、阪急宝塚線沿線の石橋だ。店の名前は五色亭とした。ビルの2階にあり、決して便利な場所ではなかった。

手持ち資金は500万円しかなく、内装代の支払いは「待ってくれ」と業者を拝み倒し、少しずつ返済していった。私が店を構えるというから、地元の章友会のヤクザから連絡がきた。

「おまえ、なんかやるんか」

「焼肉やるんです」

「なんや。ややこしいことでも始めるんかと思うたわ」

そんな誤解をされたものである。

しかし、ヤクザとの縁はそう簡単に切れるものではない。店を始めたと言っても、客はヤクザばかり。そうなると、一般の客はなおのこと寄りつかない。これには困ったものだ。

地元のスナックに必死に営業して回った。最初の頃は随分とコリアンクラブの女の子たちに店の売り上げで助けられたと言ってよい。

料理のレシピはすべて自分で考えて作った。肉の仕入先はあるヤクザの頭をやっていた知人に紹介された。姫路のと場で解体されたものをその翌日には仕入れることができるようになっ

五色亭池田木部店の従業員たちと

た。現在ではもちろん正規ルートでの仕入れだ。食肉業界も改革された。だが、かつてはやはり畜産業界や食肉業界は当然のことながら、ヤクザとの縁は深かった。

焼肉屋をやる上では、いい肉を確保することが何よりも大切だ。さらに私は肉のロスが出ないよう、メニューの構成に知恵を絞った。これは明月館で学んだノウハウである。

次第に経営が軌道に乗り始め、川西に五色亭2号店をオープンすることになった。オープンの日にはビール1本50円で出した。この川西店があたったのが経営的に大きかった。

西中島にも店を出したが、家賃が高い上に、調理人同士の喧嘩も重なって撤退した。2500万円の損を出した。伊丹にも店を構えたこともある。あちこちから店を広げないかと声をかけられたが、あとは池田の木部に店を構えるにとどめた。川西の五色亭の横には串揚げ屋の「うまいもんや」をのちにオープンした。

店舗が増えてきたので、株式会社を立ち上げた。社名は私の下の名前から泰弘企画。2011年6月のことである。立ち上げてから3年は赤字が続いた。社会保険などに経費がかかるが、従業員のためを思えば、やむを得ない。

飲食店経営の醍醐味は、客に食の喜びを提供できることにある。衣食住という人間にとって欠かせない要素のひとつを担うのである。

ボクシングの恩人たち

西日本プロボクシング協会の会長であった森岡栄治は、私の先輩であり、誰よりも大切な友人であった。

メキシコ・オリンピックではバンタム級の銅メダルを受賞している。アマチュアからプロボクシングに転じたが、片目を損傷して止むを得ず引退する。その後は優秀な指導者として名を挙げた。数々の世界チャンピオンのトレーナーとなった。

その森岡さんが自分のジムを川西にある私の自宅の近くに引っ越してきた。当時、私は大阪朝高ボクシング部のOB会の副会長で、のちに会長となる。森岡さんの人柄に惚れ、森岡ジムに出入りするようになると、プロボクシングのトレーナーライセンスをくれたばかりか、朝高の選手を森岡ジムで合同練習ができるよう取り計らってくれた。

また、近大ボクシング部のOB会の会長でもあったことから、朝高の生徒が卒業後に近大ボクシング部に入れるよう道筋をつけてくれたこともある。

その森岡さんは大阪の侠客である平沢組組長とも仲が良かった。私もヤクザに知り合いが多い。共通する知人もいて、森岡さんとは一緒に酒を酌み交わすようになった。のちに食道がんで亡くなるが、私の心の中では永遠に生き続けている。

まだ私が若い頃のことだ。私がヤクザ者を殴って警察にパクられ、10日間、拘留されたことがある。その間に森岡さんが私の自宅を訪ねてくれていたそうだが、連絡が取れない。当時の私は荒木を名乗っていた。

「おう、荒木どこ行っとたんや」

「すんまへん、パクられてました」

「そうかあ。そら連絡取れへんはずや」

森岡さんは笑っていた。のちに私が森岡さんを訪ねたことがあったが、いない。おかしいと思っていると、数日後にジムに顔を出すといるではないか。

「どこ行ってたんですか？」

「荒木、おまえと一緒や。10日間、留置場に放りこまれとったんや」

この時も森岡さんは笑っていた。お互いカッとなると、すぐに手が出てしまう。昔のボクサーはみんなそうだ。

世界チャンピオンとなる洪昌守がまだ東洋ランキングにいた頃に、所属していた金沢ジムから森岡ジムへ移籍の話を持ちかけたことがある。しかし、森岡さんはそれを断った。筋が通らないというのだ。そういう人である。

のちに朝高ボクシング部はインターハイや国体で活躍するようになるが、そこにはいろんな人たちの尽力があった。森岡さんだけではない。

アマチュアボクシング大阪府連盟の常務理事をしていた李学宰さんや高体連委員長だった樋山茂さんもそうである。当時の朝高ボクシング部はまだガラが悪く、日本の学校はトラブルを避けようと敬遠していた。しかし、李さんや樋山さんらに助けられ、朝高も試合に出してもらえるようになる。

「問題が起きたらすべて責任を取る」

そう彼らは言ってくれたのだ。高体連が朝高を全国大会に出場できるよう承認したのは1995年11月のことだ。

朝高ボクシング部が日本の高校と対戦できるようになる上では、全日本アマチュア連盟の会長だった山根明さんにも尽力いただいた。すべては李学宰さんに水面下で動いて頂いたことだ。のちに大阪朝高ボクシング部OB会の最高顧問になってもらった。大阪朝高ボクシング部の躍進の立役者となったと言える。

また、「スポーツに国境はない」の名言の主である山根さんも在日である。

2018年には連盟のゴタゴタからマスコミで騒動となったのは記憶に新しい。当時はヤクザとの交際をいろいろ指摘されたが、それを否定しようとしないのが私は大好きであった。スポーツ界も芸能界ももとは興行をヤクザに頼ってきたではないか。つながりがあって当たり前の世界だったのである。

山根さんの妻が経営している今里の店にもたびたび行った。そこで山根さんや樋山さんらと酒を飲んだこともある。そればかりか、山根さんは私の店・五色亭に2度ほど食事に訪れてくれたこともある。

そのたびにスポーツに国境はない、愛にも国境がないと私の心を捉える名言が増えていった。最後に会ったのは、私の店である。

その次の日、騒動が降って湧いたように起き、連日、テレビに登場するようになった。時の人となったが、アマチュア連盟の会長の座を追われてしまう。

三浦守との出会い

山口組直参の章友会の副会長であった三浦守は私にとって兄のような存在であった。この三浦との関わりについても話をしておきたい。

私が石橋で最初に五色亭を始める前に、生まれ育った池田や川西に戻ってくると、三浦から「おまえ、なにするつもりや」と声をかけられたのがつきあいのきっかけだった。その時はまだ私がなにかやらかすのではないかと警戒していた節もある。

関係が深まるきっかけは私がよく通っていた石橋の一番の韓国クラブをめぐるやり取りからである。

その店はいずれも美人の女の子ばかり揃えていた。ただ、よく見るとだいたい整形している。そんな中で、整形をしていない本当の美人もいる。そういう女を巡って奪い合いをするのは、ヤクザか在日かと相場が決まっている。罵り合いだけでなく、金の使い方、飲み方、何をとっても張り合うようになる。

三浦と私は同じ女を気に入ったものだから、いきおい店でバッティングする。その女は私のことが好きになるが、三浦はそうはさせまいと必死だ。

そんなことが続いているうちに私が忙しくなり、クラブに行く時間を作ることが難しくなった。もちろん同伴なんてしている暇はない。夜は自分の店の営業をしなくてはならない。

しかし、ヤクザは暇だ。ある日、三浦がその女を連れて私の店に現れた。これ見よがしに自分の女だと言わんばかり。私に見せつけようとするあたり、まるで子供である。そんな三浦が私は好きになった。

考え方、そして在日のことを理解していること、そこが好きだ。それもそのはず、三浦はもともと柳川組だ。柳川組は組長の柳川次郎以下、幹部は軒並み在日だった。そこで在日ヤクザの苦労を見てきたと三浦は私に話してくれた。韓国語もなかなかのもの。日本人とは思えないところもある。

私は女のことは諦めた。

三浦は自分でも組を持ち、三浦組を名乗っていた。その三浦組の若い衆と私の店の若い調理師がトラブルとなり、相手を殴ってしまったことがある。

私の店に電話がかかってきた。「三浦組のもんやが」とドスを効かせた声で名乗ると、金を要求してきた。

「あんたどこに電話しとんねん。親分に電話するからちょっと待っとけ」

私はそう伝えると、すぐに三浦に電話をした。

「事実を確認してから掛け直す」

三浦はそう言って電話を切った。少し経つと電話が鳴った。出ると、三浦はこう言いだした。

「あんたんとこの若いもんもちょっと出来悪いんちゃうか？」

「親分、そやけど大声出して電話してきたら、こっちはポリのところに行くしかおまへんわ。そうは言うても知ってる仲やし行けませんやろ。せやから親分に電話したんですわ」

しばらくすると、また三浦から電話がかかってきた。

「まあな、俺とおまえの仲やし、このことは水に流すことにしよう。女のこともあるしな」

私は「ありがとうございます」と感謝するばかりであった。

それ以来、それまで以上に一緒に酒を飲むことが多くなり、兄弟同然のつきあいが始まることになった。息子も紹介された。

山口組の代替わりにあわせて三浦も章友会を引退する事になると、私は思わず心配になって口出しした。

「三浦組の跡目は誰も継がへんのですか。息子に継がしたらよろしいやん」

すると三浦はこう言ってのけた。

「アホか！息子にヤクザさせられるか！」

「どないしたんですか」

「あのな、わしはもう終わったんや。長年この世界におったけど、引退するのはこんなにあっさりと済んでしまうもんやな」

そう悲しげに言っていたのを憶えている。

「あんた俺の跡目を継がんか?」

そう言われて、

「なに言うてますの!」

と言い返したこともある。三浦は当番もこなし、上納金もきちっと納めていた。章友会の三浦守といえば、会長の石田章六も一目置く存在だった。

「三浦さん、代紋なんかなくてもええやんか。三浦は三浦やないですか。三浦守いう名前が代紋でしょ。わしなんか最初から代紋ありまへんで。侠客・三浦には代紋なんか不要ですわ」

ヤクザの親分と言っても、三浦は実際、あまりカッコつけないところがあった。帽子を被り50ccのバイクに乗ると、まるで八百屋のおっちゃんである。

「あんたええこと言うな」

三浦は私の言葉にそう感謝してくれた。

引退してからは、石橋の駅近くでいつも野菜や果物、魚などを売ったり、金貸しをしたりしていたそうだ。その姿はまさに八百屋だった。私になんでも話をしてくれる三浦のことが大好きだった。

三浦は76歳で世を去り、葬儀は家族だけでささやかに行われた。金を派手に儲けた大物ヤクザが取り上げられることが多いが、三浦のように組織のために影となって尽くしたヤクザは数えきれないほどいたのである。

川西の宮本

山口組直参の浅井組舎弟頭の宮本平行は私の兄貴というべき人であった。

宮本は在日である。宮本という通名を名乗るのは、川西や池田、伊丹あたりにはたくさんいた。このあたりでは宮本を敵に回すと仕事ができないというくらい身内の結束が強い上に多い。私の父親と宮本の父親は仲が良く、兄弟同然でいつもわが家で酒を飲んでいたようだ。在日1世が集まると、朝鮮語で喋り声が大きい。それも慶尚道の方言（サトゥリ）だ。3人、4人で集まって話すと、まるで喧嘩をしているようだが、喧嘩ではない。日常のやりとりなのだが、日本人が聞くととてもそうには見えない。

宮本にはたくさん兄弟がいたが、うち2人がヤクザだ。上は柳川組が解散した時にできた藤原会にいた。のちに浅井組の副長となる。下はこれまた柳川組の流れを汲む章友会の若中になる。甥っ子は山健組にいたこともある。

この2人の兄弟はつい最近まで現役でヤクザをやっていた。そのうち上の藤原会にいた宮本平行は一番私と親しい仲だった。仕事を一緒にすることもあったが、昔気質のヤクザだ。すぐにトラブルを起こす。

ピストルで撃たれて、玉は逸れたものの、危ないところだったこともある。別の機会には刺されて重傷を負ったこともある。この他にもなにやらやらかして長い間、韓国で暮らしていたこともある。

頭もいいし、面構えもいい。博打で何億円も勝っても、すぐに使い込んでしまい、金が消えてなくなる。ただ、金があるときはポンと数十万円をくれたこともある。

金を貯めるなんて発想のまるでない典型的ヤクザである。ただ、怖れられていたのは事実。あの許永中も追い込んだことがあるそうだ。

宮本の兄弟のうち姉は帰国事業で北朝鮮に渡った。その姉と長い間会えることができない宮本は、私が総連の幹部をしているのを知っていた。姉と会えるようにしてくれと頼んで来たので、私は豊能支部の委員長だった呉秋元に話を持ちかけた。

しかし、大阪府本部はヤクザはダメだと言う。とんでもない返事だと納得できず、「すべて私が責任を取ります」と府本部で談判した。返事は「寄付を出すのなら」と言うものだった。

やはり金なのである。宮本に伝えると、二つ返事でわかったと言うことになった。兄弟3人で訪朝することが可能となった。帰って来た宮本平行さんに私が寄付の話をあらためてすると、あっさりと10万円を出してくれた。しかし、こう一言いうのを忘れなかった。

「おまえら、ヤクザから金取るんか！」

これに私はこう答えた。

「カムサハムニダ！（ありがとうございます！）」

以来、私は宮本と兄弟の仲となった。今でも訪朝できたことには感謝していると言われる。

阪神淡路大震災

1995年1月17日の早朝、地面が大きく揺れた。阪神淡路大震災である。池田の自宅では壁が倒れ、家の中の家具もばらばらとなった。

子どもたちを公園に連れ出し安全なところへ避難したが、その後も余震はずっと続き、そのたびに子どもたちは泣いていた。

落ち着くと、私は石橋にオープンしたばかりの自分の焼肉店・五色亭の様子を確認しに向かった。店のなかでは、食器やグラスが割れ、床は足の踏み場もない。

大変なことになった。ありったけの金をはたいて作った店だ。俺の人生もこれで終わりかと思えてきた。

片づけるだけで3時間はかかっただろうか。焼肉の命とも言うべきガスの状態はどうだろうか。着火するのは怖かったが、背に腹は代えられない。ガスをひねってみると、火はつく。肉もある。野菜もある。店を開けることにした。だが、その日は誰も来なかった。

自宅に戻り嫁や子どもたちとテレビのスイッチをつけると、唖然とした。

神戸の三ノ宮の街はビルが倒壊し瓦礫の山となっている。阪急伊丹駅は崩壊していた。在日が多い長田区は長屋の多いところだが、至るところで出火して火の海となっているではないか。水道管が破裂して消火もできないという。

のちにこの地震で在日コリアンの犠牲が129人に上ったと聞いた。

この時、私の脳裏に浮かんだのは、23年の関東大震災のことだ。死者・行方不明者が10万人以上に上ったこの震災では、被害に見舞われた地域で「朝鮮人が井戸に毒を放り込んだ」などといった根拠のないデマが広がり、新聞などのメディアも根拠を検証することもなく、さも事実であるかのように報道した。

デマを信じた人々が結成した自警団によって多くの朝鮮人が虐殺されたのである。地震による混乱や無秩序、住民らによる怯えが広がるなかで朝鮮人に対する偏見や疑心が大きくなり、悲劇が生まれた。

根も葉もないデマを安易に信じてはならないのはもちろんだが、そうしたデマを垂れ流す行為も許されない。多くの尊い命が奪われた悲劇を二度と繰り返してはならない。

近年、日本でも在日韓国朝鮮人を対象としたヘイトスピーチが社会問題となったが、私はどうしてもこの関東大震災のときのことを思い起こしてしまうのだ。

2016年の熊本での地震のときにも、SNS上で朝鮮人が井戸に毒を放っているなどの悪辣な書き込みが多くされたことはあまり知られていないだろう。在日韓国朝鮮人への差別はいまも社会に存在している。

関東大震災から得られた教訓に立ち返り、ヘイトスピーチを決して許さない社会を作っていくことが求められている。

山あり谷あり

私の事業は山あり谷ありだった。石橋や川西に開いた五色亭は順調だったが、うまくいかなかった店もある。

西中島に店をオープンさせたこともある。2002年2月のことだ。物件の取得や改装費で2500万円もかけたが、従業員の中田が喧嘩で片目を失明してしまうというトラブルに見舞われ、オープンからわずか4か月で店を閉じることにした。

伊丹では競売で落とした物件に五色亭の伊丹店をオープンするが、食肉業者のサン食品からこの店をやらしてほしいとの申し出があった。協議の末に、売り上げの5％と家賃20万円をもらうとの条件で貸すことにした。

ところが、その後、ＢＳＥの騒動で牛肉へのイメージが悪化したこともあってサン食品は経営が傾いてしまう。社長に頼まれて３０００万円の手形融資をしたが、結局、倒産してしまう。

仕方なく伊丹の物件を売り、不渡り手形を持って裏書きをしていた会社に乗り込み債権の取り立てをした。なんとか３０００万円に近い額を回収することができたが、伊丹店の人材を失うことになった。

川西のビルを購入

「川西のビルに興味ありませんか」

クリエート不動産の池田貴裕社長から私のところに話がきたのは、２００6年9月のことだ。このビルは私が経営する五色亭の川西店が入居するビルだった。整理回収機構から八尾の不動産業者を経てきた話だという。

クリエート不動産は、私がここの入居するときに仲介してくれた業者である。その池田社長を紹介してくれたのは、生島組の組長の身内だ。地上げや事件物を専ら扱う。

池田社長によると、川西のビルの売却額は1億2000万円だという。私はすぐさま尼崎信用金庫に融資を依頼し、自宅や所有している土地を担保に入れた。ビルを保有する会社の社長や専務がクリエート不動産の池田社長と一緒にやってきて手数料として1000万円を求めたが、私はそれも飲んだ。

売買がまとまり所有権登記も完了すると、私はテナントを募集するため、全面的に建物をリフォームすることに取り掛かった。これにかかった金額が1200万円。結局、手数料や不動産取得税、消費税を含めて1億5000万円かかった計算になる。

すると、数ヶ月後にクリエート不動産の池田社長のもとに警察のガサが入った。横領事件の捜査だという。池田社長は逮捕されて48時間の勾留を打たれた。私はお金を出したほうでなんら罪に問われることはなかったが、なにごともスムーズにいかないのが世の常だ。

この不動産取得の経験をもとに私は競売物件を扱うために私は有限会社を設立した。有限会社ティーワイコーポレーションだ。Tは私のテホンから、Yは妻の幸枝からとったもの。この会社を使いあらゆる物件に手を出していった。現在の石橋の五色亭が入る建物も競売で落としたものだ。

この建物は尼崎信用金庫が競売をかけた物件である。当時、私はこの尼信との付き合いがあったため、融資を申し込んだところ、担当は「わかりました」と返事したが、土壇場でわが社の競売物件に融資はできないと言い出した。

そうは言っても、こちらはすでに競売で落札している。落札額は7800万円である。このとんでもない額を現金で用意しなくてはならなくなった。私は唖然としつつも、頭を抱えた。ありったけの現金を集めたが、4000万円も足りない。

妻に相談したところ、動いた。いったいどこでどうしたのやら今だに謎だが、決済の当日、妻は現金をすべて用意して「これを持って行って」とバッグに7800万円を詰めてくれた。

「これぞ佐賀県のおしんや」

私はそう思わずにおれなかった。以来、私は彼女に頭が上がらない。今でも感謝している。浮気などしようものなら、殺されても文句を言えない。

国籍を韓国に変えた理由

もともと私たち夫婦は結婚すると、まもなくお互い同じ国籍で生きることにしようと決めていた。

私は当時、朝鮮総連にいた。なんの抵抗もなく、妻には日本籍を離脱して朝鮮籍を取得させた。今になって考えると、なんと浅はかなことをしたのかと後悔するばかりである。私を取り巻く環境が当たり前だとばかりにそうさせたのだ。

その後、子ども3人に恵まれるとともに、テレビを通して韓国の情勢が入ってくるようになった。私は韓国という国を自分の目で見たいと思うようになる。

望郷の丘を墓参で訪れ深い感動を覚えた

先入観を持たず、国際的観点から見て自分の生き方を探したいと思った。そうするうちに、民団がやっていた祖国墓参団に参加して韓国を訪問することになった。

この時に一番感激したのが、忠清南道にある望郷の丘を訪ねた時のことだ。海外で死亡した同胞のための墓がある。在日同胞が大規模な寄付を行って建設されたものである。その墓の前に立った時、私は自分の父親のことが目に浮かんだ。

韓国には二度と戻らない。そう話していたが、心中はさぞ悲しかっただろう。ここでそう感じ取ることができたのだ。自然と私の目は涙で溢れていた。

北朝鮮ではこうはいかないだろう。

韓国では民主化が進んでいることにも心を打たれた。

私は決断した。家族みんなで韓国籍を取ることにしたのだ。

それから数年後、金大中大統領が誕生した。以前から金大中は私が一番好きな韓国の政治家である。これから韓国はさらなる民主化の道を進むであろうと確信した。

以来、私は世界中の国を旅することにした。もう迷わない。それまでの凝り固まった考え方に囚われず、世界中の国を見て回ることにした。

なお、のちに妻とタイに旅行したときのことだ。リゾート地のプーケットで妻はパスポートを失くしてしまった。

私たちは慌ててバンコクに行き、韓国大使館でパスポートの再発給の手続きをした。大使館の職員は日本語ができない。妻は韓国語ができない。私がどちらもできるので、なんとか再発給してもらえたが、妻にとって韓国籍になるということは、こうも大変なことと認識することになった。

私たちはその後もアフリカのジャングルやポーランドのアウシュビッツ収容所、ベトナム戦争遺跡博物館などありとあらゆる世界を見て、キリスト教やユダヤ教、イスラム、ヒンドゥー教などの宗教を目の当たりにしてきた。

私のそれまでの歩みで受けてきた教育などちっぽけなものだと感じた。世界は広い。人類は進化の過程にあることを忘れてはならないと感じた。

現在に至るまでに76カ国を訪問して自分が住む日本や南北だけではない様々な国を見ることで、民族や宗教、主義主張などの対立を乗り越えて国際主義的な考え方を持とうとしてきた。自分の子どもたちや周囲の人たちに対して恥ずかしくない生き方をしようと決めたからだ。

韓国籍の取得はその第一歩となった。

今や韓国籍から日本国籍を取得する在日が増えている。それもいいだろう。日本国籍を取ることは同化ではない。それは在日の権利だと思っているのだ。

第6章
玉流館事件

事件の真相

私が五色亭の3店舗目となる池田木部店の出店準備に追われていた頃、朝鮮総連大阪府本部委員長の呉秀珍の息子・呉浩一から連絡があった。

呉浩一は私の1つ下の後輩にあたる。朝鮮青年同盟の委員長もつとめ、在日の若者をターゲットにした雑誌やドキュメント映画の制作などを手がけるやり手であった。

「何の話や」

そう問うと、平壌の玉流館の支店をソウルにオープンしようという話で、私に冷麺づくりを指導してほしいという。

玉流館といえば、冷麺で知られる平壌の名店。そこの冷麺をソウル店で再現するために私の腕が必要とされたのだ。

当時、韓国は金大中が政権を握ったばかりの時代だ。大統領選で保守系候補の李会昌を破ると、独裁政権の遺物である安全企画部の解体に取り掛かり、国家情報院へと改編を進めるようになる。

それと同時に南北の融和に向けた動きを急速に進めた。それは後に2000年6月の史上初の南北首脳会談と祖国の統一に向けた方向性を確認した6・15共同宣言へと結実していく。玉流館ソウル店のオープンはそうした機運を高めることにもつながるタイムリーな企画であった。

呉浩一から紹介されたのは、ソウルの貿易会社「8月貿易」の社長・金ヨンベックだ。金社長は私に食を通して南北の対立を融和させたいと熱く語ってみせた。

「私は北朝鮮に行くことができないが、その代わりに中国で朝鮮労働党中央委員会の担当者と話をつけて玉流館のフランチャイズ契約を済ませて来た」

そう金社長は言う。確かに私は平壌の玉流館を2回も訪れ、冷麺の技術を会得していた。日本でそんな技術を持つのはあなただけだと、持ち上げられた。さらに呉浩一も「朴泰弘さんは北朝鮮から料理の勲章を2度も授与されている」と口添えしてきた。

「少し考える時間をください」

私はそう答えたが、数時間もしないうちに「やってみよう」と決断した。

金社長はすでにソウル江南の一等地を取得していた。私のために手配してくれたアシアナ航空のチケットでソウルに向かうと、まだ店は工事中であった。

その晩は私への接待である。

5人くらいのメンバーがいただろうか。印象に残っているのは、少し日本語ができる部長の申ドンピョである。彼らは在日である私のことを日本人と同じように思っている。

飲み始めると、自分たちが一番酒が強いとばかりに私にも爆弾酒を勧めてくる。私の横にはきれいな女を座らせ、爆弾酒の次はシャンパンを飲ませてくる。しかし、酒を飲ませて私を潰そうなんて考えが甘い。むしろ酔い潰れたのは彼らのほうだ。

横に座っていた女をホテルに連れて行けとしつこく言うので、私はホテルの前まで一緒に行き、そこでタクシー代を持たせて帰らせた。

翌日、「あの女はどうでした?」と聞くので、「タクシーで帰らせた」と答えると、「それは韓国の女性にとって失礼だ」と言うではないか。しかも、「それなら今晩は別の店にしましょう」と。

昼からサウナで汗をかき、少し眠って夜になると、また酒だ。今度は高級ルームサロンである。1人5万円くらいはする。銀座のクラブ並だ。こんなのが毎日繰り返される。仕事どころではなく、さすがの私もくたくたになる。

「朝ごはんにヘジャンクを食べに行きましょう」

そう誘われてついて行く。韓国では二日酔いに効くとされるスープだ。注文してくれたが、出てきたスープを見てびっくりした。真っ赤だ。いったいどれだけ唐辛子が入っているのか。じつは私は20代からの痔持ち。これを食べては出血大サービスとなってしまう。やはり彼らとは胃袋が違う。

「辛くないものにしてください」

そうお願いするばかりであった。そんな調子で私はオープンまでの期間、大阪とソウルを行き来するようになる。もちろん、飛行機代にホテル代は韓国の会社持ちだ。

いよいよオープンが近くなった頃、ソウルのウォーカーヒルホテルの厨房を借りて、当時の与党や統一部の幹部らを40～50人招待して玉流館仕込みの冷麺を振る舞ってみせた。

厨房に入り、肉の品質、スープと調味料、野菜、冷麺粉、そば粉、そしてジャガイモのデンプンを点検した。

周囲のスタッフは「韓国には日本にあるものと同じものがなんでも揃えられます」と言っていたが、コチュジャンが辛い、キッコーマンの醤油がない、味の素もない。途方もなく苦戦したが、日本から来た私のことなど誰も手伝ってくれない。

それを分かっていた私は、あらかじめ10万円を1万ウォン札で両替しておいた。その1万ウォン札をばら撒くと、態度はすぐに変わる。途端にきびきびと働いてくれるようになった。金の力はすごいものだ。

私の冷麺を食べた招待客の反応は上々だった。

ソウル江南に店の建物も完成し、オープンの準備に入った。私のことは「玉流館仕込みの技術を持つ在日の朴秀男」とパスポート上の名前で紹介され、マスコミはわんさと集まった。

韓国のテレビ局であるKBSやSBS、それに日本のテレビ朝日やテレビ東京、新聞では韓国の中央日報……。その他覚えきれないほどインタビューを受けた。でも、緊張と毎晩の接待による疲労とで、うまく韓国語でやりとりできなかったのは覚えている。しっかり練習したはずだったのだが。

その後も記者やいろんな人が私のもとを訪ねてくる。そうした時の受け答えとして同じセリフを覚えるようにしておいた。

「韓半島の南北分断の融和に食文化を通じて少しでも役立つことになればと考えてこの仕事に賛同して韓国企業の皆さんと一緒に事業に参加しました」

私はこの事業の成功を信じて疑わなかった。

「命の保証はできない」

それから2か月ほど経った頃だろうか。私は日本と韓国を行ったり来たりしながら、五色亭の仕事もこなしていた。

「困ったことになった」

玉流館ソウル店の経営者である「8月貿易」の社長・金ヨンベクが私に相談してきた。北朝鮮側が日本円にして６６００万円を払えと言ってきているというのだ。相談されても私にはそんな金はない。金社長はなんとかかき集めて工面したようだ。

北朝鮮側への受け渡しはシンガポールで行われたという。金はこの話を私に持ち込んできた呉浩一経由で渡ったはずだ。

確かに私が見せられた領収書には確かに６６００万円相当の金額が書かれていた。ところが、実際に北朝鮮側が受け取ったのは、５００万円分に過ぎなかったという。

そうなると、北朝鮮の反応は早い。直ちに我々は詐欺師扱いとなって非難され、韓国ではニュースにまでなった。中央日報では一面で大々的に報じられたそうだ。間抜けなことに、大阪にいた私はそんなとんでもないことになっているなんて、ついぞ気づかなかったのである。

「公安が会いたい言うてきとるぞ」

知人がそう連絡してきた。私はヤクザだろうが、公安だろうが、怖いとも思わないので特に拒んだりしない。石橋の私の店で会うことにすると、現れた近畿公安調査局の調査官は不穏なことを言い出した。

「玉流館のソウル店のことが事件になっています。いま韓国に行けば、あなたは逮捕されてしまうはずです」

青天の霹靂である。いったいどういうことなのかと驚くばかりだった。

公安調査官は私のことを徹底的に調べ挙げたようだ。私についてのファイルのようなものまで持っていた。私が総連系の商工会豊能支部の理事であることもよく知っていたし、商工会のパーティーで撮影された私が写った写真まで持っていた。

それが彼らの仕事だからしようがないことではあるが、その上、根掘り葉掘り聞いてくる。私は一部始終を話すより他なかった。

それから公安調査局はさらに嗅ぎ回ったようだ。私が通うスナックや取引業者、看板屋まで行き、私と親しい女のことまで調べる。それを見て、私の周囲から去る者までいた。私がよく行く韓国ラウンジの女の子からは「オッパ、韓国のニュースに出てたよ」というではないか。

どうしたらいいのか。私はくだんの公安調査官に相談した。

「私は総連なら知っているが、韓国の総領事館は知らないし、ましてや安企部になんてなんのツテもない」

そう話す私に公安調査官は、

「総領事館にいる安企部からの出向の領事を紹介してあげましょう」

公安調査官が電話を入れてくれたので私は1人で総領事館を訪ねた。応対したのは、金ジャンホという領事。安全企画部からの出向であることはすぐに分かった。情報要員というのは、独特の雰囲気を持つ。

のっけからカマされた。

「君は朝総連で護衛をしたこともあり、青年同盟の委員長をして、朝鮮学校にも通い、北朝鮮に2度渡ったこともある。しかも、いまは商工会の理事だ」

さすがによく知っている。公安調査局も顔負けである。

「君は完全な国家保安法違反にあたる。韓国に入れば命の保証はできない」

そうハッキリ言われた。すべてを話せとの強い命令にとても逆らうことなどできず、喋るより他なかった。

でも、いったい自分がなにをしたというのか。持ちかけられた話に乗っただけである。

自宅に戻ると私は落ち込んだ。私は生まれて初めて国家に脅されたのだ。

それだけではない。今度はそもそもこの話を私に持ち込んだ呉浩一がやって来て「北朝鮮が朴泰弘さんを呼んでいる」というではないか。

呼び出しに応じて北に行けば、もう大阪に帰って来れないのはわかっていた。私は朝鮮籍から韓国籍に変えた身。裏切り者と映るだろう。

私はパニックになった。殺されるかも知れない。国家の怖さは十分に知っているつもりだ。総連大阪府本部からも、「どうなっているんだ。説明してくれ」ときた。

追い詰められた私は妻に「死のうか」と相談したくらいだ。冷静にならねばとしばらくはどこにも出ずに悩んでいた。

ところが、捨てる神あれば拾う神ありである。私の友人で、妻の兄が安企部の幹部だという人物がいた。この話をすると、「先輩、僕に任せて」と言うではないか。

この友人の指示どおりヘネシーを2本買い、一緒に総領事館を訪ねた。友人は総領事館では顔パスである。現れた例の安企部出身の領事である金ジャンホは、私を見るなりこう言った。

「この間はなんで日本の公安の紹介で来たんだ。我々韓国人は韓国人同士でやりとりしなくてはならない。最初からこの人と一緒に来ればよかったのに」

その晩には金ジャンホと酒を飲みに行くことになった。

「これで誤解が解けた」

私はそう安堵するとともに、これで金ジャンホとは特別な関係となった。ともにしばしば酒を飲む仲となったのだ。

その後、私は韓国に行くことになる。金ジャンホのお膳立てである。ソウルのどこで誰と会い、そしてどのホテルに泊まるのか。すべて手配してくれた。

関空からアシアナ航空で向かったのだが、関空に着いてみると、私の名前をアナウンスしている。なんと座席をエコノミークラスからビジネスクラスに変えてくれるという。このあたりも金ジャンホの根回しであろう。

ソウルのロッテホテルで安企部の職員らと会った。「8月貿易」の社長・金ヨンベクも同席である。

「知っていることを全部話しなさい」

そう言われて、すべて説明したのである。

その後、「8月貿易」の金社長は日本に来て、呉浩一と会わせてほしいと私に頼んで来た。上六の都ホテルに呼び出したが、呉の説明は要領を得ない。業を煮やした私は呉浩一に言い放った。

「おまえは北に守ってもらえ」

呉浩一は朝鮮籍で父親は総連府本部の委員長だった。私はすでに韓国籍を取得していたので、韓国政府に守ってもらうしかない。

その一方で、罪を犯したわけでもない金ヨンベク社長は多額の負債を抱えて破産するより他なかった。

その後、この事件は2000年6月の史上初の南北首脳会談を契機にうやむやにされることになった。

あれほど私を悩ませたこの事件。私はこの首脳会談のために平壌を訪れた金大中大統領が玉流館で冷麵を食べる映像を見たとき、嬉しさと哀しさが入り混じったなんとも複雑な気分になるのを覚えた。

ハナ・マトゥリ

韓国総領事館の金ジャンホから「頼みごとがある」と連絡をもらい極秘で会う事にした。「仕事をしてほしい」

そう言われて、「なんのことですか」と私は聞き返したが、これが後に大阪ドームで開かれた総連と民団の合同のハナ・マトゥリへとつながったのだ。

金ジャンホは私にまず「朝鮮総連に戻れ」と指示してきた。この時、私は総連をすでに離れていた。朝青豊能支部の委員長も辞めていた。

1994年に死亡した金日成の後継として金正日が最高指導者となったことで、一気に北朝鮮や朝鮮総連への気持ちが冷めてしまったからだ。

それなのに、金ジャンホは総連に戻れという。私を使って工作をしようということのようである。

総連豊能支部の委員長だった呉秋元は勝手知った相手だ。早速、私は総連豊能支部の国際部長にしてもらった。そして呉秋元を総領事館の金ジャンホにひき会わせた。
どうやら安企部は民団と総連の和解を企図しているようだ。

先ほども触れたように、当時は史上初の南北首脳会談に向けて南北融和を促す世論作りに韓国政府は躍起だったのである。本国に勝るとも劣らず対立感情が根強い在日社会の世論をどうするか、安企部は策を練ったのだ。

領事の金ジャンホからは、民団大阪の団長となる金昌植を紹介された。金昌植は私を見るなり、「こいつは総連やないか」と心配したが、領事は「違います。彼は私たちの側の人間です」とはっきり請け合ってくれた。

かくして総連と民団の融和に向けたプロジェクトが動き出した。私が狙ったのは、両組織が合同で花見をすることである。もともと総連豊能支部は毎年、池田の五月山で花見をやっていた。それを民団の豊能支部と合同でやろうというのだ。

まずは、総連豊能支部委員長の呉秋元をはじめ支部役員たちの説得から始まった。

「そんなことをしたら民団に飲み込まれてしまうんやないか」

そんな心配をする役員もいたが、なんとか合意を取りつけることができた。それを民団の支団長のもとにも持ち込んだが、向こう側も組織内で私たちの組織内と同じような懸念の声が出たという。

2000年4月9日、無事に花見会を開くことができた。豊能地区の同胞たちは総連も民団もなく皆、喜んでくれた。

「楽しい花見会となりました。こうした行事を今後もどんどんやっていきましょう」

私もそうスピーチしたのを記憶している。

その後も私は民団の金昌植とつきあいを深めた。彼や民団豊能支部の団長の金森さんがよく行く箕面スパガーデンに通い、ここで総連と民団の集いをやったこともある。

これは南北首脳会談があった年の10月に開いたもので、タイミングは申し分なかった。実行委員長となった私はスピーチに立ち、感極まって自然と「南北首脳会談を熱烈に歓迎します」と力強く声に出すと、参加者からは大きな拍手があった。

豊能支部でのつきあいが深まるのをきっかけに総連と民団は大阪府本部レベルでの交流を急速に深めるようになる。

翌年の3月には大阪ドームで3万人を集めてのイベント「ハナ・マトゥリ」を開催。大阪で開かれた卓球の世界選手権で北朝鮮チームを合同応援し、日韓共催となった02年のサッカーワールドカップでは韓国で合同観戦した。

こんな交流は杓子定規な考え方をする東京の中央本部同士ではとてもできなかっただろう。大阪だからこそここまで交流が深まったのだ。

さらに私と総連豊能支部委員長の呉秋元が計画したのは、民団府本部の団長と総連府本部の委員長が互いに北朝鮮と韓国を相互訪問することである。

私たちがこの計画を韓国総領事館の金ジャンホに持ちかけると、「それは面白い。韓国への手配は私がやろう」とすぐに乗ってきた。北朝鮮からもＯＫが出て、相互訪問は実現したのだ。ただ、総連と民団の関係はその後、急速に冷え込むようになる。

その原因が02年９月の小泉訪朝の際の首脳会談で、金正日が日本人拉致を認めたことにあるのは、すでに述べたとおりだ。日本国内は北朝鮮や総連への批判一色となり、民団は総連との交流事業を打ち切りにしてしまった。

さらに、総連の大阪府本部で交流に熱心だった呉秀珍委員長の失脚も重なる。

総連と民団の和解に向けた動きが瓦解していく様を見て、私は虚しい思いを募らせるようになる。公安や安企部とのつきあいを断ち切るために総連から脱退した。だが、実際にはその後も20年は腐れ縁が続くのだったが……。

なお、私とともに総連と民団の融和の動きを進めた総連豊能支部委員長の呉秋元だが、もとは北大阪朝鮮初中級学校の教員だった。その教員時代、学校の生徒に旧柳川組の流れを汲む金田組組長の金田サンズイこと金三俊の息子がいた。これを呉秋元が殴ってしまったものだから、金田組の若い連中が学校に「どういうことや」と怒鳴り込んできた。

呉秋元の兄は同じく柳川組の流れを汲む一心会の幹部だった。兄に泣きついて金田組と話し合ってもらったという。こうした話は朝鮮学校ではよくあることである。

すべてを乗り越えたがそこには何もなかった

玉流館事件や総連と民団との和解などの政治的な事業の裏方で身を粉にして働いた私だが、韓国総領事館とは金ジャンホが異動となってからは、縁が切れてしまった。

ただ、日本の近畿公安調査局とはその後もつき合いが続いた。彼らは分からないことがあれば、私に相談に来る。私も知っていることは素直に答えてやったものだ。

だが、もう私から情報を取ることもなくなった。私にも情報がなくなったからであり、私と会う予算もなくなったということだ。こうして彼らとはおさらばとなった。嬉しいことだとも言える。

いまの私には国家情報院も公安調査庁もなんの興味もない。さらには総連にも民団にもなんの期待もなくなった。

それでも私が生きている限り見届けてやろうと思う。これからの未来に向けて在日社会をどう導いていくのか。天国に行くことになるのか、それとも地獄か知らないが、どちらにしても、なんら展望もなく、基本的路線を見失ってしまった総連や民団の姿を見届けてやろう。

同仁会

とは言っても、私の気はそれでは済まなかった。総連や民団、あるいは帰化したかどうかに関係なく、同胞が集まる場を作りたいと考えて「同胞の仁義の会」、略して「同仁会」を立ち上げた。最初のうちは40人もメンバーがいて講師を招いて在日の権利などについて勉強会を開くこともあった。

そんな同仁会の今後の活動をどうするかと正月早々に幹部で食事をしながら話しあっていた時のことである。同じ店でヤクザの連中が大声で騒いでいたので、うるさいと思い声をかけた。

「向こういけや」

「なにっ、おまえどこのやつや」

連中がビール瓶を持ってかかってきたのでそれをかわす、相手にしてられるかと外に出ると、タクシーに乗って自宅に帰ることにした。すると、連中は私の乗ったタクシーを尾行していたのだ。

降りたところで、銃をチラつかせて「事務所に来い」と脅してきた。仕方がなく事務所に行くと、入るなり消火器やバットで私を殴る殴る。腕を複雑骨折し、頭からも血が噴き出した。それでも私はこう言ってやった。

「もうええ加減にせえや。わしは帰るで。ただな、生きて帰らせたら、必ず仕返しにくるからな」

ボコボコに殴られた私は池田市民病院に入院することになった。私の妻と息子がヤクザの事務所の下で待っていてくれ、病院へと搬送したのだ。その間、私は意識を失っていた。すぐさま病院が警察に通報してくれ、以後は警備してくれた。

南北首脳会談を祝う総連・民団合同の集まりで挨拶する私

さらに私の友人が総連の同胞生活相談所の高石鎬にこの状況を伝えると、「これはけしからん」と総連も乗り出してきた。ヤクザと警察、そして総連と3者が入り乱れてのにらみ合いとなってしまった。
結局、同仁会の副会長だった私の友人の宮井がヤクザたちの組の副長の堀内と話をつけてくれ、私を殴った連中は病院まで見舞いに来て頭を下げて行った。連中はカタギである私をボコボコに殴っておきながら、どこかの組織が仕返しにくるのではないかと心配して弁護士を間に入れてきた。
ところが私と総連の事件担当である高石鎬が圧力を加える

と、この弁護士は総連と私を恐れて降りてしまう。

副長からは連中がピストルを持ち出したことは府警にうたわないでくれと頼まれた。そんなことをすれば、本部に府警のガサが入ってしまうからだ。副長と千里ホテルでサシで会って示談することにした。示談金は200万円だ。

示談が成立したとは言え、この一件で同仁会は解散することにした。

「俺はムショに入りたい」

私が40代の頃のことだ。石橋の五色亭で仕事をしていると、突然、店に現れたのは、1つ年下の黒田（仮名）だった。黒田は当時、あるヤクザ組織の構成員で、その組織の鉄砲玉とも言うべき男だ。

店に入るなり酒を飲み、かなり酔っていたが、それでも私の顔を見ると、「先輩」と言う。その後も幾度か若中を連れてきて店で酒を飲むが、いつもかなりの酔いぶりだ。

その頃の私は同仁会を結成して会長をやっていたために、花見やらゴルフコンペ、食事会などの準備に追われていた。そんな様子を見て、黒田がある日、「俺も仲間に入れてほしい」と言い出した。同仁会は現役の極道でも入会は拒まない。実際、かつて山健組の傘下だった者もいた。

しかし、私は入れさせなかった。黒田は社会性に欠け、自分が1番でないと気が済まない。もともと別の組にいたが、刑務所に出たり入ったりを繰り返す、いわゆる懲役太郎でもある。その後、別の親分のもとにいたこともあったが、ヤクザとしての行き腰を買われ、その組織に入った経緯がある。

黒田には私も何度か不動産の債権や飲み屋の取り立てなどの仕事を紹介したことがあるが、どこかの組が出て来ようが一歩も退かない。逆にひやひやすることすらあった。しかも、後始末が大変になるのである。些細なことでパクられるほどの騒ぎを起こすから信頼できないのだ。

しかも、酒を飲みだすと、もうバラバラになるまで飲む。私の店で飲んでから金も払わずに帰ってしまうことも何度もあった。そうしたことが繰り返されるうちに私は黒田の兄に電話して、代わりに払ってもらったこともある。

その数ヶ月後のことだ。朝の4時頃に電話があったかと思うと、黒田が私の家に殴り込んできた。とんでもない剣幕で私を殺すというではないか。しかも手にはピストルを持っている。

それを見た私の妻は、

「黒田さん、なにしてるの！」

でも、黒田は嫁はだまっておけと喚く。

「その物騒なもんしまえ！おまえの兄貴の事務所で話しようやないか」

私がそう言うと妻も加勢してきた。

「あんた、私の旦那にいつも世話になってるやんか！」

しかし、酒とシャブで狂っているようだ。下手をすると、本当に引き金をひきかねない。

「外に出ようや。ここは子供もおるんやないか」

黒田の兄の事務所に着くと、話しかけた。

「俺とおまえの仲やないか。冷静に話そうや。俺も悪かったけど、おまえも俺の家に押しかけてあれはあんまりやろ?ちゃうか」

そう諭しても届かない。

「先輩はどんだけ喧嘩が強いか知らんけど、わしらの喧嘩は命のやりとりや。覚悟せえや！」

「おまえ！メシ食って酒も飲んでおきながら、金を払わんと俺を殺すんか。そんなアホなヤクザどこにおるねん。代紋が泣くぞ。親分に申し訳ないと思えへんのか！」

私は黒田の道具を押さえると、胸ぐらを掴んでやった。すると、泣き出すではないか。

「俺はムショに入りたい」

そんなことを喋り出した。

「あそこならシノギもせんでええ、メシも食える」

気持ちもわからないではない。人生の3分の1は刑務所で過ごした男だ。なんとか気持ちを落ち着かせると、黒田は帰って行った。数日後、メシを御馳走してやった。

黒田は親分を紹介してくれたこともあった。本部の事務所では副長や若頭などとも会い、酒を飲んでつきあいも深まった。

そんな頃、私の後輩が半殺しの状態で川西協立病院の前で車から捨てられるという出来事があった。電話で知らせを受けて病院に見舞いに向かった。

「どないしたんや。誰にやられたんや」

なにを聞いても後輩は黙っている。かなりびびっているようだ。

「ええから言うてみ。相手から治療費ぐらいもらわなあかんやろ。誰や」

後輩は声を小さくしてどもりながらようやくこう言った。

「真山組（仮名）にやられましてん」

真山組といえば、山口組の直参である。後輩を殴ったのは、そこの組長秘書だという。のちにこの組の組長となった。

「えらいこっちゃ」

私はそう思った。これは太刀打ちできんな。それでも私は真山組に電話を入れた。協立病院の横にある喫茶店に来て欲しいと伝えた。後輩のことが用件だとも伝えた。とはいえ、私1人では真山組と話にならない。私は黒田に電話をすることにした。

「ちょっと後輩がやられたんや。代紋貸してくれへんか？おまえの兄弟分として頼むわ」

するとと、黒田はこう返事した。

「なに言うてまんねん。わしが行きまんがな」

それればかりか真山組に電話までしてくれた。4、5台の車で喫茶店にきたなかには若頭までいる。その若頭と組長秘書に私はこう切り出した。

「私は後輩と同じくこの地域に住む在日韓国人です」

そして五色亭の名刺を出すと、組長秘書は「なんや堅気かいな」と返した。そこへ黒田がひと言いった。

「わしの先輩でいつも世話になってまんねん」

その後、組長秘書が自分の言い分を延々とぶったが、最後に私はこう言った。

「すんまへん、後輩の出来が悪いのは十分にわかってます。せやけど、同じ韓国人の先輩としてほっとかれへんし、警察にも言われへん。そやから黒田はんに頼んで来てもらいましたんや。なんにも言い分はありませんけども、せめて顔を見て見舞いだけしてもらいまへんか？せやなかったら、後輩もこのへんうろうろ出来ませんやろ？頼みますわ」

協立病院の後輩の病室に若頭に組長秘書、そして私と黒田が入った。私が「真山組のかたが来てくれたぞ」と声をかけると、後輩の顔は青ざめるばかりだった。組長秘書はそれを見てこう言った。

「おまえの先輩の顔を立ててこれ置いていくから、二度と無茶したらあかんぞ」

そして3万円を置いて行った。

「ありがとうございました」

礼をして私は彼らを送った。

この一件は、川西や池田、伊丹あたりでは瞬く間に噂となったが、その数年後に後輩は娘を残したままシャブと病気でこの世を去った。それから3年もすると、今度は黒田が肝硬変で亡くなった。酒のせいである。

ともあれ、私の心のなかに深い印象を残した。在日朝鮮人にとってヤクザとなるということは、人生の突破口を切り開く上で致し方ない部分もある。日本社会の差別と偏見から暴力に走り、ヤクザ社会へと入っていく。

一部に名を残す者もいるだろうが、ほとんどはこの男たちのような生き様となってしまうのだ。

金正日のマルスムと総連の商売

1986年9月、総連の幹部たちが仰天するような金正日のマルスム（お言葉）が本国から届いた。

そこには総連が組織として自立するために経済的な基盤を整えなくてはならないという指示を盛り込まれていた。手っ取り早く言えば、総連が自分で商売をして金儲けしろということである。

在日朝鮮人の人権の擁護を目的とする政治団体であったはずの総連に金正日がそのような指示を出さざるを得なかったのは、北朝鮮経済のいっそうの不振が根底にあったのだろう。外貨不足に陥った北朝鮮は総連に献金を求め、集金マシーンとして機能させるために自ら金儲けをせよとなったのである。

そのための責任者として総連のなかで選ばれたのが副議長の許宗萬である。総連中央には財政委員会なるものが設立され、総連中央からの指示を渋る各地の朝銀に対しては朝銀の全国団体である朝信協を通じて統制を強めた。いわば、朝銀からいくらでも融資ができるように体制を整えたことになる。

こうして総連中央の金儲けがスタートした。

そうは言っても、金儲けにはノウハウが必要だ。そこで在日朝鮮人がすでにノウハウを持っているということで選ばれたのが、パチンコ屋や不動産・地上げといった分野である。社会的にはやや胡散臭く見られることもある分野だが、総連は朝銀を締め付けて多額の資金を引き出し、当初こそ多くの利益を得た。

だが、それもバブル経済の崩壊とともに多くが不良債権と化す。朝銀は次々と破綻に追い込まれることになる。

そうしたなかで起きたのが、総連大阪府本部委員長だった呉秀珍の解任である。

呉秀珍は私が総連大阪府本部にいた時に社会部長だった。大阪城公園で年に1回、府本部が主催する大野遊会の時に私の父の養豚場にやってきて豚を1匹売ってくれと頼みに来たこともあった。

交渉の結果、私の父は断ってしまう。「売ってくれ」と言っても、実際には「寄付してくれ」と同じこと。当時は豚コレラが流行り、多くの豚が死んでしまったために父には莫大な借金があったのだ。そんな余裕はとてもなかった。

私の知るかぎり、呉秀珍は頭も良く人気もあった。彼が大阪府本部の委員長であった時はバブル経済の崩壊と重なる。各地で金融機関の破綻が相次ぎ、日本政府は公的資金を注入してその再建を図った。そうした公的資金が注入された金融機関のなかに朝銀もある。

私も当時、朝銀大阪が危ないとの噂は耳にしていたが、まさか破綻するとは思ってみなかった。朝銀の職員たちすら詳しい情報を知らされていなかったようだ。

朝銀よりずっと規模の大きい金融機関も破綻するなかで、マスコミも朝銀のことはノーマークだったのだろう。ところが、97年12月に毎日新聞が朝銀の経営破綻の恐れや、さらには北朝鮮への送金疑惑まで報道したことから、大騒ぎとなる。

総連は過剰に反応し、朝信協の理事長も全国に33ある朝銀は正常に経営されていると主張したが、朝銀大阪の破綻は現実のものとなる。

在日の零細業者にとって朝銀は必要との立場を取る大蔵省の働きかけで朝銀大阪の救済のために関西の5つの朝銀が合併して新たに朝銀近畿が設立され、公的資金も注入されたが、わずか1年数カ月でこの朝銀近畿もまさかの2次破綻してしまう。背景にはひた隠しにされてきた総連中央案件の巨額の不良債権の存在があったと言われている。

その後、朝銀近畿はミレ、京滋、兵庫ひまわりの3つの信組に再編されることになるが、公的資金を注入していながらの2次破綻に当然ながら世論は厳しくなる一方だ。金融庁は再度の公的資金の注入にあたって条件として日本人理事長の受け入れを迫る。総連との関係を断つためだ。

これに総連中央が猛反発するなかで、日本人理事長受け入れの方針を最初に示したのが、大阪府本部の委員長だった呉秀珍だ。朝銀の後継組織を存続させるためには、やむを得ないとの判断だったのだろう。

その後、呉秀珍は府本部委員長を解任されてしまうが、この時の判断に総連中央が強い不満を持ったためと噂されている。

呉秀珍は民団大阪府本部団長だった金昌植との南北相互訪問やハナ・マトゥリの開催など総連と民団の交流に積極的だった。日本人理事長受け入れの判断も関西の同胞のためを思ってのことではないか。責任を彼に押しつけたのは誰なのか。それを関西の同胞は誰もが知っているはずだ。

韓国の情報機関

韓国には大統領に直属する情報機関・韓国中央情報部（ＫＣＩＡ）が存在した。アメリカのＣＩＡに倣ってこの名がついた。１９６１年に創設され、81年には国家安全企画部に改組され、99年には金大中政権のもとで国家情報院となった。

ＫＣＩＡは朴正熙の軍事クーデターが成功した直後に民主化勢力や北朝鮮のスパイを監視し、摘発するために発足したが、南北が激しく対立する状況下でその活動を際限なく肥大化させた。

野党の活動を制限し言論機関を弾圧し、反共の名の下に国民を取り締まった。本部が置かれたソウルの山の名前から「南山」の異名で国民に恐れられた。

国家情報院となってからも、かつてはソウル市内を歩くと、地下鉄などあちこちで「北朝鮮のスパイを見たら局番なしの111まで申告してください」とのステッカーが貼られていた。「国家情報院申告電話111」である。

2020年12月にはスパイに対する捜査権が国家情報院から警察に移す法律改正案が国会で可決した。情報機関の影響力を弱めるためである。

韓国の現在の文在寅政権は先に述べたスパイに対する捜査権を警察に移す法改正など国家情報院の改革を進めてきたが、それはこの情報機関が過去に民主化運動を弾圧する上で大きな役割を果たしてきたからである。

ただし、その能力は最近まで健在であった。例えば、11年9月には北朝鮮を非難するビラを北朝鮮に向けて風船で散布する活動をしてきた自由北韓運動連合の朴相学代表を暗殺しようとした男を国家情報院が逮捕した。

男のズボンの右ポケットからは毒を盛った弾を仕込んだ万年筆型の銃が、そして左ポケットからは毒薬カプセルを隠した化粧品が出てきた。男は脱北者で、北朝鮮の工作員から朴代表の暗殺を持ちかけられたという。さらにもう1人の脱北者を仲間に誘ったが、誘われた者が国家情報院に通報したことから発覚。暗殺は未遂に終わった。

国家情報院の情報能力は日本の機関を上回るとされる。01年5月に北朝鮮の金正日の長男である金正男がドミニカ共和国の偽造旅券を使って日本に不法入国しようとして入管当局に拘束された。

この情報を日本側に事前にもたらしたのは、国家情報院だった。金正男と見られる男性がシンガポールか発の日本航空に搭乗するという情報をシンガポール当局から入手し、日本に伝えたのだ。国家情報院は日本が金正男から様々な情報を入手することを期待していたが、日本政府は強制退去処分とし、この目論見は潰えた。

韓国の情報機関は在日社会への監視も行ってきた歴史がある。日本では金大中事件を起こし、町井久之や柳川次郎といった在日のヤクザを使って工作活動をしてきた。文在寅政権が情報機関の改革を断行することは正しいことなのか、正しくないのか、私にはにわかに判断がつきかねる。ただ、一番喜んでいるのは、北朝鮮の金正恩かも知れない。

第7章
さらば朝鮮総連
わが在日論

小泉訪朝と拉致問題

２００２年９月の小泉訪朝は衝撃的だったとしか言いようがない。金正日が日本人の拉致を認めたのである。

振り返ってみれば、あれやこれやと怪しいと思うようなことがなかったわけではないが、北朝鮮がまさかそんなことをする国だとは当時は露ぞ思わなかった。朝鮮総連も組織をあげてそれを否定していた。

私の失望は深かった。私だけではない。全国の総連関係者がそうだったはずだ。失望しなかったのは、拉致に加担した連中だけだろう。

これによって総連組織はガタガタとなり、多くの支持者が総連を離れた。朝鮮学校には嫌がらせが相次ぐようになる。

金正日は「あれは政府方針を誤って実行した一部の部局の人間が犯した誤りで、彼らはもう処分した。まことに申し訳ない」と謝罪したというが、謝罪すればそれで幕引きできると考えていたのだろうか。

不審船や核ミサイル開発などで日本社会は北朝鮮への不信感を増していたところにこの拉致問題である。日本の世論は爆発し、小泉政権も日朝交渉どころでなくなる。

そして、総連への激しいバッシングである。

総連はそれまで北朝鮮政府の立場を代弁して、日本人の拉致などあり得ない、これは日本の反北朝鮮政策の謀略だ、悪質な誹謗中傷だとの主張を繰り返していた。

しかし、金正日が拉致を認め謝罪までした以上、なんらかの釈明が必要だった。それなのに総連は立ち往生しなんらアクションを取ろうとしなかった。ようやく副議長が記者会見を行い発表した声明は、「総連が組織として関与した事実はない」。

総連豊能支部の新年会

返す返すも残念な対応である。せめて総連は日本政府に「一緒に真相を突き止めましょう」と提案すべきだった。汚い言葉を平気で投げつけてくるヘイトスピーチを招いた原因は総連にもある。
だが、総連はそうした判断がまるでできない。上意下達で、上から言われたことに唯々諾々と従うばかりである。
総連には帰国運動に対する責任もある。片道切符で北朝鮮へと送り帰された在日の人生の多くを無茶苦茶にした。帰国した在日たちの中でも希望する者を探し出し、拉致被害者と一緒に日本に戻すよう北朝鮮に働きかけるくらいのことをしなくてはならないのではないか。日本人妻の里帰りが必要であることも言うまでもない。

日本政府と連携して北朝鮮に求めることやそのための窓口を作ることは、日朝国交正常化の糸口にもなるものと考える。

「でも、日本だって植民地時代に強制連行をしたではないか」

そう言う人もいる。その通りである。日本は植民地時代に強制連行をした。これは揺るぎない歴史的事実である。

だが、それと北朝鮮による拉致とは話が違う。行われた時代も違う。違う時代のことを同列に並べて議論するのは乱暴ではないか。

総連への不満から朝鮮籍から韓国籍へと国籍を変える人、総連から脱退する人が相次いだ。私も総連の豊能支部に脱退届を出した。それでなくとも、日本の公安から目をつけられ、韓国の領事ともおつきあいをさせられていた。その上、北朝鮮や総連がこの状況である。私が在日社会の融和のためにやっていたことは一体なんだったのだろうと無力感に苛まれた。

私はおつきあいを全て切り、本業に専念することにした。

総連と民団。この2つの組織は南北の2つの本国に利用され、振り回されるうちに組織を弱体化させてしまった。とりわけ総連は、帰国事業を通して9万人あまりを本国に送り返したが、それによって帰国した同胞は北朝鮮で地獄を見た。そして残された総連は組織のメンバーを減らしてしまった。

私たちは日本国内でマイノリティとして生きていくより他ないではないか。

北朝鮮や韓国に帰らずに日本に踏みとどまったからこそ、いまの経済水準の生活ができている。これで良かったではないか。

今の総連は北朝鮮のいいなりである。在日の権利擁護のための組織という本来の役割はどこに行ってしまったのか。

拉致問題に関連して北朝鮮の国会にあたる最高人民会議代議員であり、朝鮮総連トップの議長でもある許宗萬は、「朝鮮総連は拉致には一切関与していない」と発言していたが、はたしてそのような対応に終始しているだけで良いのか。

総連はいったいどこへ向かうのか

在日のノンフィクション作家・金賛汀さんは著書『朝鮮総連』（新潮新書・2004年）の中で在日社会においてかつては強かった帰国願望は1970年代に入り日本への定住志向へと変化していったとして、こう書いている。

〈在日社会も高度経済成長の恩恵で、かつての貧しさから抜け出し、生活が安定しだしたことと、在日同胞の北朝鮮への短期祖国訪問と日韓条約締結後、韓国への往来がかなり自由になり、多くの南北の組織に属する同胞が故郷訪問や親族訪問を通じて朝鮮半島の現実に接することができたことが大きな要因である。「祖国訪問」で朝鮮半島を訪れた人々は生活習慣、意識の極端な違いに違和感を覚え、帰っても生活できないことを実感させられた。朝鮮半島に帰れないとするならば、当然の結果として日本でどう生活するかという問題と向き合わなければならない〉

日本では在日に対する根強い差別があった。年金の受給や住宅金融公庫の利用など国籍によって制度的な差別を受け続けたのである。これらを私たち在日同胞は血の滲むような思いでひとつひとつ撤廃させていったのだ。

その間、総連や民団はいったい何をしていたのか。引き続き金賛汀さんの言葉を引用する。

〈在日の「思い」が定住志向に変化していることを重視せず、両団体はひたすら本国政府との結びつきだけで活動方針を決定し、その指示で動いていた。特に朝鮮総連は、北朝鮮との政策遂行に全力を挙げ「南朝鮮革命の遂行」「祖国の統一」「チュチェ思想の確立と金日成主席への忠誠」に活動の重点を置き、在日の人々が現実に直面している生活面での改善要求とは多分に遊離した政治活動が運動の中心となっていた。そこには在日朝鮮人が日本に定住していくうえで絶対欠かせない、未来への展望は何も示されていなかった〉

私もまったく同じ思いである。

私は総連が嫌いで離れたのではない。小さい頃から総連とともに生きてきた。しかし、組織の方向性には疑問を持たざるを得ない。現代を生きる在日のありようをきちんと見てもらいたいのだ。

拉致問題や核ミサイル開発と、北朝鮮は国際社会の非難を受けている。もちろん、北朝鮮が核を完全に放棄することはないだろう。金正恩にすれば、核を完全に放棄すれば、イラクのフセインと同じ末路をたどると考えているからだろう。

私は米国のやることが絶対の正義だとは思わない。確かに独裁がなければやっていけない国もあるだろう。韓国の文在寅も現時点ではまずまずの政権運営をしているように映るが、それが本当に正しいのか、正しくないのか、それは分からない。国際情勢は刻一刻と変化をしているからだ。

90年代に入り、定住志向を強く持つようになった在日社会では、「日本社会との共生」という新しい考え方が生まれるようになった。北朝鮮に忠誠を誓い、北朝鮮の政策遂行を最大の組織活動と規定する団体には日本社会との共生という発想は出てこないだろうが、いつの日か朝鮮半島に帰るのではなく、この日本で私たちがより良く暮らしていける環境を整えるのが、これからのあるべき姿ではないか。

そのために今なお残る差別の撤廃に地道に取り組むことがこれまで以上に欠かせないのだ。総連の初代議長だった韓徳銖は絶大なカリスマ性を持っていた。私たち在日とって特別な存在であった。晩年は視力が落ち、文章を読み上げるにも、随分と大きな字で印刷したものをページをめくりながら読み上げていた。

67年に北朝鮮の最高人民会議の代議員となったが、あの辺りからある種の神格化がされるようになり、金日成のツーショット写真が組織内で大量に配られるようになった。あたかも金日成と同格であるかのように。

在日の輝ける星ではあったが、韓徳銖の時代にすでに総連の歪みは現れていたのだ。なんともやり切れないとしか言いようがない。

民団も韓国政府から年間に8億円もの支援金を受け取っているが、その活動はわかりづらい。若い世代が伸びてくるような活動を進めてほしい。

民団系の民族学校もあるが、朝鮮学校のように言葉の教育が徹底していないので、十分に言葉を喋ることもできない。韓国から教員を派遣してもらうなど思い切った改革が必要ではないか。

分断の祖国よ

金正日が死亡し、金正恩が後継となった時は、これで北朝鮮が良くなるかも知れないと期待した。

金正恩はスイスに留学した経験があり、外の世界のことをよく知っている。それに若かった。もっと柔軟に経済改革に取り組んだり、自由化を進めたりするのではないかと思っていたのだ。

それがあんな独裁体制を敷くとは。叔父を処刑し兄をマレーシアで殺害した。金日成以来3代にわたる王朝制度を崩したくはないのだろう。そのためなら粛清だって厭わない。どうやって北朝鮮を変えて行くのか。容易ではない問題だ。

その意味では米朝首脳会談を橋渡しし、それによって北朝鮮を良い方向に変えて行こうとした韓国の文在寅の考え方はよかったと思う。だが、その路線すらも、北朝鮮が開城の南北共同連絡事務所を爆破するなどした今となっては、漂流してしまったと言うより他ない。南北の分断はいつまで続くのだろうか。

叔父の張成沢を金正恩が処刑にしてしまったことは記憶に新しい。

張成沢は訪中を繰り返すうちに、江沢民ら中国の要人らとたびたび会うようになり、はては党と軍の利権争いを招いてしまった。処刑の理由は、横領と女性問題とされたが、それだけではないだろう。

金正恩は金日成の歩き方や調子、さらには子供を膝に乗せる方法まで真似ている。私から見れば、金正日の息子のうち、金正男、金正哲、金正恩の3人は資本主義化してしまったと映る。金正男は日本の東京新聞の五味洋治のインタビューで、核問題や3世代にわたる世襲は受け入れ難く、改善すべきだと発言している。それが招いたのが、2017年2月にマレーシアの空港でのVXガスを使用しての殺害である。

金正哲はロック音楽好きなのだが、米国の歌手エリック・クラプトンのコンサート会場で日本や韓国のマスコミに写真を撮られる始末だ。

そして金正恩はマイケル・ジョーダンやデニスロッドマンに憧れて北朝鮮に招待している。音楽ではロッキーのテーマソングに女性のミニスカート。やはり子供じみている。

金正恩が最高指導者となって以来、北朝鮮では処刑が3倍に増えたと言われている。これが現実だ。こんな国と付き合うのは大変なことで、日本人社会からはいっそうの色メガネで見られるばかり。在日をさらなる差別の中に置くことになる。

金日成・金正日・金正恩と3代にわたる独裁者を持ち上げることが在日にとって何のメリットがあるのか。

朝鮮総連は北朝鮮との関係を考え直したほうがいいのではないか。

朝鮮籍、韓国籍、そして帰化

日本に永住するのだから、日本国籍を取るべきではないか。そう考えた私は妻と2人で法務局に行くことにした。妻は日本人だが、私と結婚した時に韓国籍を取っている。

前もって書類を準備して行ったが、法務局では想像した以上にいろんな書類を出すように言われた。そこで私は思った。日本の植民地政策で日本の国籍を持っていたのに、戦後になって日本籍を奪われ、そして再び国籍を取るのに韓国から山ほど書類を取り寄せないといけないのはなぜなのか。考えるうちに腹が立ってきた。

もともと私たちは日本で生まれ、本国のことを知らないのに、こんな時に外国人扱いされる。日本政府に嫌気が指す。私は納税義務をきっちり果たし、莫大な税金を払っているのに、自分が生きていくための当たり前の権利を取ろうとすることにこれほどハードルを高くされるとは……。考えてもいなかった。

いったん帰化申請をすることをヤメにした。全世界には700万人の在外コリアン同胞が存在するが、在日コリアンだけが居住国の国籍を取ることを拒否し、韓国籍や朝鮮籍を維持している。

かつては日本籍を取るものは売国奴だと言われた時代もあったが、今はそんな考えをするコリアンはもういない。総連も民団も民族主義を叫ぶが、在日コリアンの真の民族主義とは、同時に国際主義でなければならないと思う。

戦後、韓国からやってきたニューカマーたちの多くは、日本に来た時から日本国籍を取ろうと必死である。それなのに、3世、4世と長く住む在日コリアンがなかなか日本国籍を取ろうとしない。それをなぜなのかと問う人もいる。

その答えのひとつは、私たちが永住権を持っているので、そう生活に困らないということが言える。しかも、経済的に裕福な者も少なくない。それならば、もうこのままでいいだろうということだ。

それでも、いま日本では年間に1万5千人近くが帰化しているという。あと5年もすれば、韓国籍が20万人以下に、朝鮮籍は3万人を下回るかも知れない。そうなれば、日本籍を持った在日コリアンのほうが多くなるということだ。

とは言え、日本国籍を取るには、私がそうであったように、書類を山ほど用意しなければいけない。金や時間がない人にとって帰化申請は本当に大変で、もっと簡素化すべきだと考える。

私はむしろ在日コリアンが国籍を取りやすいように運動するのが、総連と民団の仕事ではないかと思っている。

私たち在日コリアンは、1951年のサンフランシスコ条約の発効の際に出た法務省からの一片の通達で日本国籍を剥奪された歴史を持つ。

東京入国管理局長だった坂中英徳さんは、在日コリアンはすでに日本社会に定着しており、日本国民に限りなく近い処遇を用意し、日本国籍を取得しやすい環境を整えるべきだと唱えた。在日をコリア系日本国民とする道を描いてみせたのだ。しかも、それは多文化共生という理念によって実現されなければならないとした。

私はこの考え方に賛同する。

私たちは特別永住者という宙ぶらりの状態におかれたままだ。若い世代の在日は日本語を喋り、日本の文化を愛するのが当たり前となっている。彼らが私たちの世代のような辛い思いをすることなく、日本で安心して暮らせるように取り組んでいくことがこれからの私の使命だと考えている。

日本社会ももっと歴史認識を改めて在日をどんどん活用すべきではないだろうか。日本籍を取る在日コリアンが増えるなかで真の権利を持つのは当然のことである。帰化は同化ではない。特別永住権を持つわれわれが選択できる権利としてあるべきではないかと私は思う。

朝鮮学校

朝鮮学校の現状を大きく憂えている。

今や日本国内の朝鮮学校の数は減る一方である。生徒の数が激減しているのだから当然のことだ。私が通った北大阪朝鮮学校もなくなるという。このままでは日本中から朝鮮学校は無くなってしまうのではないか。

もちろん歴史的な経緯を考えれば、日の丸を掲げることには抵抗感があるだろうが、日本政府とはうまくつきあっていかなければならない。

金日成や金正日の肖像画は今では掲げていないそうだが、これはもっと早く取り払っても良かったのではないか。

歴史の授業も金日成革命歴史のような偏った歴史観に基づいたものではなく、南北さらには日本の歴史も扱うべきである。朝鮮学校の教育を変えようとすると、総連組織がそうはさせないのかも知れない。

だが、今の時代、この学校ならではと思わせるだけの良い教育がなければ、多くの子供たちを集めることはできない。そのためには柔軟性が欠かせない。金日成や金正日、金正恩はもうたくさんだ。日本政府を敵にするような教育をすることがいいとは思えない。損ばかりである。

朝鮮学校への自治体からの補助の打ち切りが問題となっているが、このような教育を見直すことからまず始めるべきだろう。

朝鮮学校では、金王朝の3代に対する忠誠心教育が強調されてきた。このような教育にうんざりする在日が多くなっているのが現実だ。

私の学生時代には学校に順応できない若い子たちが孤立したり、暴力に頼って生きていこうとしたりして、ヤクザ社会へと流れていくさまも見てきた。

ヤクザであるというだけで否定する訳ではない。生きていく限りはいろんな選択肢があるのだと思う。だが、やはりこれからの時代に暴力に頼って生きていくことは認められないだろう。

これでは日本社会の現実に対応できないどころか、むしろ日本で生活するうえで障害になると考える在日の父母も多い。その結果、朝鮮学校に子供たちを入学させようという親は少なくなるばかりだ。

朝鮮学校の良さに、祖国の言葉を学ぶことができるという点を挙げる同胞も多い。2世のなかには朝鮮語ができない人は多い。私は初級学校の頃から朝鮮語を学ぶのが好きで、自分で言うのもおこがましいができる方である。おかげで漢字は今も苦手なままだが。

だが、それは決していわゆる「在日語」ではなく、ソウルで磨きをかけ、さらには地元の韓国クラブで普段から使っていることで上手になったという部分もある。韓国ドラマを良く見て学んだ言い回しもある。

つまり、朝鮮学校でなくとも言葉の学習はできるのである。そうだとすると、朝鮮学校も優位性とはなんだろうか。そうも考えてしまうのだ。

総連でも民団でもない学校

大阪の茨木市に2008年4月に開校したインターナショナル・スクールにコリア国際学園がある。

中等部と高等部からなるこの学校は、「総連でもなく民団でもない」学校を目指すとして在日の経済人から寄付を募り、在日の東大教授だった姜尚中を学長に迎えるとして記者会見を開くなど華々しく立ち上がった。

その後、姜尚中は「東大の兼業規定に抵触する」などとして学長に就任するのを辞退したが、それでも「多文化強制の場を実践する」として日本の学校教育法の1条校の指定を受けながらも、通常の公立高校の3倍の週12時間の英語教育、さらには「コリア語」の教育を行うとの高い理想に共感して各地から優秀な人材が教員として集まった。

朝鮮学校とは異なる、国際化の時代に対応した民族教育の場となることが期待されていた。

私もその志に賛同して生徒たちの寄宿舎の建設にあたって支援をさせてもらったことがある。

ただし、そうは言っても学校の経営は火の車だ。学校の経営を立て直すために開校から2年後に理事長に迎えられたのが、京都の経済人であった宋在星さんだ。理想ばかりが先行し、研究者や知識人らばかりが理事を務める学校に経営的なセンスを持ち込むことが求められていた。

京都で宋在星さんとお会いして話をうかがった

宋在星さんのもとで徐々に経営環境が改善し始め、学生数も増加。学校運営はなんとか滑り出すかに見えた。

しかし、そこへ割って入ってきたのが韓国政府だという。韓国政府に在外韓国学校の認可を申請したところ、大阪の総領事館からは韓国の旗を掲揚しろ、日本の旗を降ろして韓国の旗だけにしろ、さらには毎朝、韓国の国家を斉唱させろと様々な要求を押しつけてきたという。

宋在星さんは自ら身を退いたが、その後も学校の運営は厳しいままだ。在日への教育に無理難題を言って口を挟むのは北朝鮮だけではない。韓国も同じだ。

参政権

在日韓国朝鮮人をはじめ日本に住む外国人には参政権が認められていない。民団は参政権を求めて粘り強く活動しているが、その実現に向けた道は険しい。

私たちは日本人と同じように納税の義務を果たしている。だが、参政権という権利は与えられていない。自分が暮らす地域の政治に自分たちの意思を反映したいという願いはそんなに無理な要求なのだろうか。

大阪の在日韓国人で、私もよく知る金正圭さんが原告団長となって選挙人名簿に自らの名前を掲載するよう求めた裁判では、1995年に最高裁は地方参政権について「専ら国の立法政策にかかわる事柄」とする判決を出している。つまり、国会で立法化されれば実現できるとしているのだ。

この裁判のことは金正圭さんから幾度か話を聞く機会があったが、そのたびに大きな勝利だと勇気づけられる思いがする。

しかし、ややこしいのは、総連は参政権に反対しているということだ。その理由が日本人への同化に繋がるからだとか、日本の内政干渉になるとか、理解できないことをいう。

すでにヨーロッパなどの先進国では定住外国人への地方参政権は民主主義に基づく当然の権

利として認知されている。それなのに同化を理由にその権利を否定するとは。総連も民団と一緒になって参政権を求める運動をすればいいではないか。

総連が反対する理由は、地方参政権が実現すれば、総連系の同胞のさらなる北朝鮮離れ、総連離れが進むことを恐れた北朝鮮の指示によるものであろう。在日社会が分断しているこのさまを見て日本政府もそこを利用して権利を与えないようにしているのではないか。

私が敬愛する金正圭さんと

住民投票も同じだ。原子力発電所の建設など地域住民にとって重要な問題を住民が直接投票する住民投票によって決定する傾向が高まっている。だが、在日同胞はその住民とすらされていないのだ。3代、4代とその地に住み着き、日本人とともに暮らしてきた在日を住民とはしない理屈が納得できない。

2001年に町村合併をめぐる住民投票で滋賀県米原町は定住外国人を住民として投票参加を認めた。この動きは各地の自治体に影響を与えたが、それでもなお、地方参政権までの道のりは遠い。

米国では警察官による黒人男性の暴行死に端を発して黒人に対する差別があらためて大きな問題となっているが、日本もいまだに単一民族という幻想を捨てきれない。

日本と朝鮮半島は古代より交流を重ね仏教や様々な文化が朝鮮半島から日本へと伝えられた。その歴史にもっと思いを寄せてほしいものだ。

私たち在日韓国朝鮮人も考えを改めなければならい部分もある。差別は米国でそうであるように、残念ながら世界中のどこにもある問題だ。在日だから特別に差別を受けているということではない。

韓流ブームもあり、日本の若い女の子の間では韓国式の化粧をするのが流行っているという。今や通名ではなく本名を名乗る在日も多くなった。昔に比べると、日本も良くなってきたのは事実である。急には変わらないだろうから、粘り強く働きかけていかなければならない。

だからこそ、日本にも私たちに参政権をはじめ平等な権利を与えて欲しいのだ。もし、在日コリアンが団結すれば、在日の市議会議員どころか国会議員だって登場するようになるであろう。選挙権があれば自分たちの意見を政治に反映させることができる。

現在、民団が主張している権利は、選挙権はあるが被選挙権はないというものだ。だが、日本国籍を取れば地方参政権はおろか国政への参政権も行使できるようになる。

参政権は日本国民に固有の権利であるとする一部の自民党議員や学者、ジャーナリストの反対もあって実現の見通しはたたない。

在日が日本国籍を取るための手続きを簡素化すべきだと私は先に述べた。だが、その一方で、帰化せずとも参政権は認められるべきだとも考える。一般の日本人と同じ権利を獲得することで私たちも日本社会の真の一員となることができるからだ。

おわりに

1945年8月15日、日本の敗戦にともない祖国は解放を迎え、在日朝鮮人も解放された。46年になると、大半が祖国へと帰還を始めたものの、日本社会が混乱するなかで海峡を渡ることもままならず、約60万人が日本に残らざるを得なかった。この人たちを本当の意味での「在日」の誕生ということができるだろうか。

私たち在日は差別や貧困の中で食い扶持を求めて泥沼からはい上がろうとするが、本国からも見捨てられ、挙げ句の果ては朝鮮戦争の勃発によって北朝鮮と韓国とに祖国が分断され、在日社会もまた朝鮮総連と民団とに引き裂かれることになった。

その狭間で私たちは国家に利用される苦難の歴史を歩むことになる。日本社会からの差別によって力の限り生き抜くより他ないなかで、愚連隊やヤクザとなって裏社会でのし上がろうとする者も現れた。

その筆頭格が東声会の町井久之だろうか。本名は鄭建永。猛牛との異名で呼ばれ、東京で1500人もの構成員を束ねた彼は、右翼の大立者の児玉誉士夫と組んで日韓を股にかけて暗躍し、ヤクザでありながら政財界に深く食い込んだ。また、釜山と下関の間の定期航路を復活させたのも町井である。

また、関西では京阪神殺しの軍団と言われた柳川組を率いた柳川次郎がいた。本名は梁元錫だ。三代目山口組のもとで大阪を本拠に1700人もの構成員を束ねた。のちに在日韓国人の待遇改善のために日韓親善友愛会を立ち上げ、日韓関係に関わり韓国の政財界と深い関わりを持った。

東の町井、西の柳川と言われた2人は、韓国政府の策略に乗せられ、KCIAに利用された側面があったのも事実である。だが、ヤクザを美化するつもりはないが、2人が在日社会にその名を残したのもこれまた事実である。ヤクザを国家のために使った軍事政権の時代が終わり、韓国の民主化が進むにつれてもはや無用とばかりに彼らが散って行ったことはいかにもヤクザらしいと言うべきか。

在日の中でも政治の世界に名を残した人もいる。例をあげると、衆議院議員だった新井将敬だ。東大卒で新日鉄、大蔵省、そして衆議院議員と日本のエリートコースを歩んでいたが、高校時代に帰化していた。

83年に衆議院選挙に当時の東京2区から立候補した時には、同じ選挙区から出ていた石原慎太郎陣営から選挙ポスターに「北朝鮮から帰化」と黒いシールを貼られる嫌がらせを受けた。

在日だったという過去を暴露することで有権者の支持を失わせようという差別的で悪質な選

挙妨害であった。そんな嫌がらせにもかかわらず、見事当選し、政治家の道を駆け上がって行った新井は、同じように帰化という選択をした同胞たちにとって希望の星であった。

ところが、証券会社から利益供与を受けていたスキャンダルが発覚。追い込まれた彼は都内のホテルで自ら命を絶ってしまう。人生の最後を前に国会で民族差別を口にしていただけに、その死は在日社会にも大きな衝撃をもたらした。日本人になってもなお在日を責め苦しめる帰化の闇に私は嘆息するより他なかった。

芸能界で活躍する在日も多い。都はるみ、和田アキ子、にしきのあきら、その他、名をあげるとキリがないほどだ。

スポーツ界もそうである。プロ野球の張本勲や金田正一を筆頭に、ボクシングでは徳山昌守こと洪昌守がいる。WBC世界スーパーフライ級王者の彼は在日朝鮮人3世だ。私の後輩でもある。

また財界においても、ロッテの重光武雄、マルハンの韓昌祐、ソフトバンクの孫正義、MKタクシーの青木定雄など日本社会で活躍し成功した在日がたくさんいる。

ここ数年、在日が日本名を名乗ることを不当な特権だなどと非難する人たちがいるが、こうした名前を名乗る背景には民族差別を避けるためにやむなく使用しているというケースが少なくないことを知って欲しい。かつて私も通名を名乗っていたが、今では本名を名乗り生きている。

在日社会の中心が3世や4世となっていくなかで、決して私たちは根無し草ではないのだとの思いから私は民族名を名乗っている。この日本で大地にしっかりと足を踏ん張って在日の生き様を根づかせることが私たち2世世代に課せられた使命だと思っている。

朝鮮人は人間扱いされていなかった。私たちは1世世代の先輩たちからよくそう聞かされてきた。二度と民族差別されることがない、ヘイトスピーチなどというものも存在しない、そうした社会を実現しなくてはならない。それが次の世代の同胞たちのために私たちがしてあげられることだ。

かつて私は新大阪にあった朝鮮総連大阪府本部に出入りしていた。だが、府本部はすでに新大阪にない。池田市にあった総連豊能支部の会館もなく、チマチョゴリ姿の女性が出迎えてくれた朝銀も跡形もない。哀しい思いが胸を締めつけることがある。それは朝鮮総連が本来歩むべき道を誤ったことが原因かも知れない。

日本で暮らす在日コリアンのあり方について考えると私の悩みは尽きない。私たちは日本で生まれ育ち、日本社会に貢献して一生を終えていく。それは次の世代も、そしてまた次の世代もそうである。それなのに、私たちは公務員になれず、選挙に参加することもできない。このような状況にいったいいつまで日本政府は放置しておくのだろうか。

私たちの存在は日本の植民地支配の結果である。そして私たちがこれからどう生きていくのか示すのは、韓国でも北朝鮮でもなく、日本なのだ。日本社会をともに構成する一員として私たちをどうするのか。日本政府に問いかけ続けていきたい。

もともと本を書くなどということを夢にも思わなかった。唯々、自分が経験してきたことをありのままに書き綴った。学校でろくに勉強もしなかった私だが、持てるすべてを惜しまず洗いざらいはき出したつもりだ。それでも書き残したこともたくさんあるように思う。今後、そうしたことを明かす機会もあるかも知れない。

出版にあたっては多くの方々にお世話になった。おひとりおひとりの名前は挙げないが、心より感謝申し上げる。なかには今さら思い出したくもないような古傷を触ってしまった方もいるかも知れない。私たち在日が辿った道を多くの読者に理解してもらうためだとぜひご寛恕いただきたい。

朴泰弘（パク・テホン）

1957年大阪府池田市生まれ。両親は戦前に現在の韓国慶尚北道から大阪に移ってきた。大阪朝鮮高級学校を卒業後、朝鮮総連大阪府本部での勤務、モランボン調理師専門学校での修行、梅田明月館での勤務などを経て、現在は大阪府池田市や兵庫県川西市で飲食店を経営。朝鮮総連より料理代表団に選出され、北朝鮮の功勲料理士勲章を受章。

激情　わが朝鮮、わが韓国、わが日本

2021年5月25日発行　第1刷

著者　　朴泰弘
発行人　川保天骨
発行所　道義出版
〒105-0004 東京都港区新橋2-20-15　新橋駅前ビル1号館506
TEL 03-6454-0928　FAX 03-6454-0982
HP http://dougi.org/pub/
EMAIL info@dougi.org

発売所　株式会社星雲社
〒112-0005 東京都文京区水道1-3-30
TEL 03-3868-3275　FAX 03-3868-6588

装丁・カバー写真　谷口椿

ISBN978-4-434-28954-5 C0095